Les Histoires vraies de Georges

Berger au Pays des Merveilles

ulie Là

Julie Là arpente le Comté des Merveilles à la recherche de petites histoires.
Elle tend l'oreille aux conversations anodines des places de village, elle soutire sans vergogne les souvenirs des autochtones, et les enregistre dans un coin de son esprit.
Plus tard, sa plume lui dicte comment les retranscrire pour redonner vie à ce monde que l'on préserve de l'oubli autant que possible.
Une occasion rêvée pour rendre son aspect merveilleux à ce pays.

Parfois, Julie s'attache aux dires, comme dans le recueil des *Histoires vraies de Georges, Berger au Pays des Merveilles*, tant ce pasteur centenaire a su rester fidèle à cette tradition qui consiste à "raconter la sienne" autour du feu d'hiver ou bien quand on se réunissait à l'ombre de l'église pour profiter de la douceur des soirées d'été.

Parfois, Julie s'imagine des choses. Elle « pantaï » en poursuivant une histoire sans fin ou en reprenant le dialogue avec une figure légendaire dont on aurait perdu le nom.
Ainsi traque-t-elle les sorcières ou la Masca, les guérisseurs ou le Couss, les géants ou le Magou, ainsi que quelques revenants.
Sous sa plume, souvent, notre Dame nature, sa faune et la flore retrouvent une voix, et nos vieilles pierres se mettent à parler.

Peut-être un jour, croiserez-vous cette Julie Là, tel un petit chaperon roux, drapée dans sa pélerine et munie de son bâton de berger, contant à haute voix ses merveilleux mensonges, persuadée que nos petites histoires nous en racontent une grande :
celle d'un Homme qui marche à la rencontre de lui-même.

Les créations de Julie Là, se ressemblent et s'assemblent dans la collection *Comté des Merveilles*.

A mon vieux Patriarche, Jean Lallement

Ce livre existe en **version numérique interactive** :

30 enregistrements audios de notre berger et
plus de **20 histoires lues en langues locales**

Scannez le QR Code pour tout savoir sur les oeuvres du
Comté des Merveilles

ISBN 979-8370168512

Les Histoires vraies de Georges

Berger
au
Pays des Merveilles

Recueillies par Julie Là

Comté des Merveilles Créations

-2ème Edition-

Avant-propos

Chacun se souvient de sa première venue à Berghe.
Tout d'abord de cette étroite et tortueuse route à dix huit lacets, qui donne des sueurs froides et dont la voie sans issue prend par surprise (alors que l'on imagine pouvoir redescendre par l'autre côté du village et n'avoir plus jamais à emprunter ce chemin vertigineux).
On aimerait trouver un petit café pour prendre le temps de se remettre de ses émotions mais il n'y a aucun commerce ni aucun lieu pour accueillir les passants. On ne rencontre personne dans les rues.
Tout est silencieux. Ce hameau semble vidé de toute âme.
Alors, on est pressé de faire demi-tour !
On s'en va en se disant qu'il faut vraiment être fou pour habiter ici !
Je me rappelle avoir prévenu des touristes : «Surtout, n'allez pas à Berghe ! Vous allez vous tuer sur cette route et puis il n'y a rien par là-haut !»

Quelques années plus tard, la vie m'a joué un de ses tours et j'allais, un peu par hasard, venir m'installer dans ce hameau...
C'est alors que j'ai été étonnée de voir ces lieux, au premier abord déserts voire hostiles, prendre vie. Les Berghais sont spontanément venus à ma rencontre pour m'accueillir chez eux et m'offrir leur aide afin que j'y aménage au mieux.
Rapidement, on connaît les habitudes des uns et des autres et la place du village devient, à certaines heures, un lieu d'échange.
Georges est l'un des premiers avec lequel j'ai appris à m'accouder sur le parapet, à profiter d'une vue à couper le souffle sur les cimes alentour, tout en prenant le temps d'écouter de vieilles anecdotes.
Georges, bientôt centenaire, est l'ancien du hameau, mais à la mémoire sans défaillance et suffisamment cabotin pour aimer se raconter sans se lasser.
Il faut dire qu'il a un certain don de conteur, auquel s'ajoute une pointe d'humour bien à lui, qui sait captiver ses auditeurs depuis toujours.
Nous nous sommes bien «trouvés» : lui aimant se souvenir et moi sachant retranscrire, l'idée d'écrire ses mémoires a découlé naturellement de nos rencontres.

Après deux années de bavardages, ce sont soixante-dix histoires qui sont couchées sur le papier, nous entraînant dans l'univers de ces montagnes à la frontière franco-italienne et à une époque où les campagnes comptaient des centaines d'habitants.

J'ai ensuite passé une année à faire sortir les vieilles photos de famille des greniers ou placards des Berghais. Des dizaines d'images illustrent la vie de Berghe et de la Roya au début des années 1900.

Un travail de traduction et d'enregistrement des Histoires de Georges en berghais a déjà commencé et permettra aux futures générations d'entendre l'histoire de leurs ancêtres dans leur langue.

Après un bel accueil reservé à cet ouvrage, une version contée de cette rencontre entre la parole débordante d'un vieux Pasteur et d'une pélerine égarée a été écrite, et donne lieu à des représentations.

Pour la Lorraine native que je suis, ce projet a été et reste une façon de m'approprier le passé et la culture d'un lieu que j'ai décidé d'adopter. Et désormais, je tiens particulièrement à cette terrible route, qui nous sépare de la froide vie citadine, qui retient en contrebas son bruit, sa vitesse, sa pollution, son argent, sa violence, et qui nous permet de regarder de haut l'évolution vers la surconsommation.

Elle protège un bout de France à la Pagnol, avec son accent, ses parties de belote, ses paysans, ses tourtes et son accordéon.

À ceux qui prennent le temps de l'apprivoiser, et à eux seuls, ce rude chemin offre les traces préservées d'une France d'autrefois.

Julie Là

PHOTOS
Fontan dans les années 1900 à 1920
La frontière franco-italienne de Paganin

Le poste de douane

Collection Artistique

Edition Giletta, ph

HOTOS
Georges, inlassable conteur

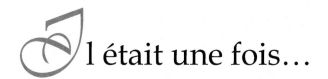

Il était une fois…

« Des histoires, il m'en vient et il m'en vient encore…
Ça surprend les gens !

Beaucoup m'ont demandé de les mettre par écrit mais j'n'ai jamais pu encaisser les verbes et pour l'orthographe, j'ai toujours été un âne !
Mon instituteur, Raymond Honoré, s'énervait contre moi à cause de ça !
D'ailleurs, une fois, je l'ai recroisé…
Il ne m'a pas reconnu évidemment !
Je suis allé vers lui et je lui ai dit : « Je suis Georges Beltramo, de Berghe. » Il a répondu : « Ouh là là ! » *Rires*
Il faut dire que j'étais un chenapan !

On ne reste plus que trois à avoir été à l'école ensemble, ici.
Les autres ont tous changé d'habitat! Ils ont déménagé au cimetière que vous voyez là-haut ! *Rires*
(Le palpitant…C'est une saloperie ce palpitant !)
Eux aussi, ils auraient pu vous en raconter, va !
Et plus encore les anciens, ceux qui avaient fait 14-18. Je me souviens bien d'eux. Ils s'asseyaient là, sur le muret que vous voyez, le long de la sacristie (sur le muret d'en face, y'avait les vieilles) et ils nous racontaient leurs souvenirs… Comme je le fais avec vous aujourd'hui, Julie !
Nous, on avait que ça à faire de les écouter! On n'avait pas la télé !

Il m'en revient tous les jours en mémoire, mais y'a des moments où je ne me souviens plus de rien, c'est le désert ! C'est comme ça !
Je n'suis plus tout jeune, hein ! *Rires*

Ah Julie, il s'en est passé, ici, hein ! Je vous en raconterai de belles !

Julie, inlassable oreille

- Vous savez ce qu'on va faire, Georges ? Chaque jour, vous me raconterai une anecdote et je la mettrai par écrit. D'accord ?

- Ah oui, d'accord ! Mais je vous demande une chose...
Soyez discrète ! Ne répétez rien par ici !

- D'accord, j'en prends bonne note et lorsque j'aurai terminé mon ouvrage, je vous le donnerai... Vous en ferez ce que vous voudrez.

- Oh non, gardez les ! Et un jour, quand vous serez en d'autre compagnie, vous pourrez dire : « Voilà, ici il s'est passé ci, et là, il s'est passé ça ! »

- Mais, ils ne connaissent pas déjà vos historiettes à Berghe ?

- Si, c'est pas ça le problème... C'est que, les Berghais, ils disent que je n'raconte que des bêtises ! *Rires*

- Et ? C'est le cas ?

- C'est ce qu'ils disent mais... Il y a du vrai dans tout ce que je raconte...

- Et un peu de faux ?

- ...

- Et bien ! C'est comme ça qu'on écrit des histoires, non !? »

Rires

Une Œnfance
au cœur d'un hameau

- Les années 20 et 30 -

Au départ, l'arrivée
Quelle merde !
La fleur de lys
Ecoute la maîtresse
La dernière danse
Derrière l'église…
Le temps des cerises
Les vieilles
Les anciens
14-18
Oh, la vache !

La jalousie
M'en bati !
Quel renard !
Sourde comme un pot
Il faut avoir le bras long !
Tiens, un revenant !
Le trésor de Binachou
Le trésor de Cola Rossa
T'en fais tout un fromage !
T'y vois clair ?
Titres et coupons
La trahison

Georges et son père, Baptiste Beltramo

Au départ, l'arrivée

Mon oncle, Georges, est arrivé en premier ici, à Berghe, dans les années vingt.
Il était tailleur de pierre en Italie et il a été embauché comme tel en France pour travailler dans les galeries de la ligne de chemin de fer Nice-Cunéo. Elle était en construction à l'époque.
Il s'est marié avec la fille de l'instituteur d'ici. Il a eu deux ou trois filles avec sa femme mais elles n'ont pas vécu. Elles mouraient peu après leur naissance.
Plus tard, il est parti en bas, sur la côte, pour travailler dans la propriété de son beau-frère. C'est là qu'il a eu son garçon, Robert.

Quand son beau-frère a vendu sa propriété, il pensait que mon oncle serait gardé car il faisait du bon travail dans les jardins. Mais le nouveau propriétaire n'en a pas tenu compte. Donc mon oncle est retourné travailler aux chemins de fer. C'est à ce moment-là qu'il s'est installé en banlieue cannoise.

Mes parents et moi avons rejoint mon oncle en France en 1934.
J'avais huit ans.

Mon père, en Italie, était aussi tailleur de pierre. Il était doué : d'une pierre carrée, il faisait une boule, hein ! Mais il avait été autorisé à s'installer en France en tant qu'agriculteur seulement, car il en manquait à cette époque.
Pourtant un jour, une entreprise de Fontan (le patron était de Biella et connaissait mon père en Italie) l'a appelé pour un travail sur des escaliers en pierre. Il fallait les arrondir pour qu'ils ne soient pas coupants. C'était bien payé. Alors, mon père a accepté de le faire.
Et bien, dès le lendemain, les gendarmes ont débarqué :
« Papiers ! Ah mais, vous avez été autorisé à travailler en France en tant qu'agriculteur et vous exercez comme tailleur de pierre ! ?
Vous avez vingt-quatre heures pour débarrasser le plancher ! »

On était refoulés en Italie !

Heureusement mon oncle connaissait un avocat du barreau de Nice, qui est intervenu à temps. On a pu rester en France.
Mais mon père n'a plus recommencé, hein !

En France, ça rigolait pas avant, hein ! Attention aux gendarmes !
Même à Berghe, ils passaient une à deux fois par semaine.
Avec leur canne à la main, on les entendait arriver : Et tic et toc !
Ils montaient de Fontan par Scarassoui et ils redescendaient par Berghon pour demander aux adjoints au Maire si quelque chose n'allait pas.
Moi, je n'étais pas allé à l'école dès le premier jour quand on s'est installés à Berghe. En Italie, on faisait un peu comme on voulait mais ici, les enfants devaient aller à l'école! C'était obligatoire !
On a entendu aussitôt les gendarmes arriver : Et tic et toc et tic et toc !
Ouh là ! C'était pas rien tout ça !

Quelle merde !

On a débarqué à Berghe seulement tous les deux, mon père et moi. Ma mère ne nous a rejoints qu'en automne. Nous, on est venus au printemps pour commencer à travailler la terre. Moi, j'avais huit ans donc j'allais à l'école la journée mais je travaillais un peu le soir. Pendant cette période, on dormait chez Madame Rouvier, dans une chambre qui appartenait à mon oncle.

Madame Rouvier avait des lapins sur les planches qui sont là-haut.
Un jour, elle avait coupé de l'herbe pour eux. Alors, elle a posé un drap par terre, elle a mis l'herbe coupée dessus et elle a attaché le drap aux quatre coins, et puis elle me l'a mis sur l'épaule.
Peut-être qu'elle ne s'en souvenait plus mais, elle avait chié là, dans l'herbe, à l'endroit où elle avait posé le drap…
Et en plus, c'était mou ! Ça m'a collé dans le cou ! Et puis, l'odeur !
Après j'osais plus bouger la tête, hein ! *Rires*
Et elle, elle me disait : « Oh, un peu de merde, c'est rien ! »
Oh malheur !

a fleur de Lys

J'ai eu une institutrice qui s'appelait Madame Madera.
Durant l'année scolaire, elle a habité au-dessus de l'école avec son mari.
(Son mari, c'était un colosse ! Il était de la secrète… C'est à dire, un policier mais en civil.)

En juillet, il n'y avait plus école, mais la maîtresse est restée un peu à Berghe car elle venait juste d'accoucher. Je me souviens qu'elle a eu sa petite le premier jour des vacances.
Quand je l'ai su, j'ai couru le dire à mon père.
Mon père était illettré, donc pour les enseignants, il avait beaucoup de respect ! Alors il est allé dans le jardin et il est revenu vers moi avec deux fleurs de lys : « Tiens, porte ça à ta maîtresse ! »

Quand je les ai données à Madame Madera, son mari était là aussi, à côté d'elle. Il s'est levé et il m'a tendu dix francs !
Ouh là là ! Dix francs ! A l'époque, c'était une journée de pioche pour un homme, hein !
Oh ! J'étais… Oh ! Ouh là ! *Rires*

« Et comment vous les avez dépensés, ces dix francs, Georges ?
-Je les ai donnés à ma mère. Y'avait rien ici, aucun commerce…
Je n'avais nulle part où les dépenser ! »

PHOTOS
A l'école

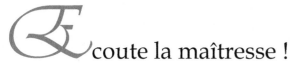coute la maîtresse !

Ah les pauvres !
Ils étaient vaches à l'académie avec les jeunes institutrices.
Elles sortaient de l'école normale et puis c'étaient toutes des filles à papa, alors quand elles débarquaient ici et qu'elles nous voyaient en haillons…

Les filles d'ici les regardaient envieuses, parce qu'elles, elles n'avaient rien ! Juste des chaussures à clous !
Et puis les vieilles, elles médisaient : « Regardez-moi ça ! Si tu lui donnes une serpe, ça sait pas s'en servir ! »
C'était vrai, mais en tout cas, elles savaient se servir d'un crayon, elles !

Moi, j'écoutais les institutrices parler entre elles quand on faisait des activités partagées avec Berghon.
(On était une vingtaine d'élèves ici à Berghe supérieur et ils étaient presque autant à Berghon et parfois, on faisait des activités ensemble).
Et elles n'étaient pas contentes, hein !
Elles se disaient : « Les hommes ont été placés dans les établissements à côté des hôtels-restaurants et nous, on a été envoyées ici… »

C'est vrai qu'en plus, il fallait qu'elles montent à pied jusqu'ici avec toutes leurs affaires. Même si, bien sûr, les enfants descendaient sur le chemin à leur rencontre pour les aider à porter, car nous, on les aimait bien nos institutrices.

Ma maîtresse avait droit à un grand appartement de fonction au-dessus de l'école mais…y'avait pas de cabinets !
Il n'y avait pas l'eau courante ni de tout-à-l'égout à Berghe.
(Je ne vous dis pas l'odeur ! Et les mouches ! D'autant plus qu'il y avait des animaux domestiques dans les maisons ! C'était le moyen-âge à cette époque!)
Il fallait aller chercher l'eau à la fontaine, tout en bas du village.

Moi qui étais le roi des punitions, je faisais souvent les allers et retours pour la maîtresse après l'école. Je lui portais quelques seaux et ensuite, elle me donnait un petit carré de chocolat…
(Oh ! J'aurais aimé qu'il dure des heures dans la bouche ! C'était tellement rare de pouvoir en manger… C'était pas le chocolat qui pouvait nous constiper, hein ! *Rires*)

Après tout ça, j'arrivais en retard à la maison alors que mon père m'attendait pour que je l'aide aux champs. Alors quand j'arrivais,
il me disait : « Où est-ce que tu traînais encore ?
- J'ai porté de l'eau à la maîtresse !
(Vous pensez bien que je ne lui disais pas pourquoi ! *Rires*)
- Ah bravo, mon fils ! »

Mon père était analphabète alors devant les enseignants, il tirait son chapeau.

# La dernière danse

Avant, dans la maison qu'habite Gilberte aujourd'hui, il y avait une petite épicerie. C'était Magdalena qui tenait ça.
Elle était veuve alors pour gagner sa vie, elle vendait un peu de vin, quelques paquets de cigarettes, un peu de sucre et de farine…
Quand il nous manquait quelque chose, on venait l'acheter là, plutôt que de descendre à Fontan.

Ensuite, elle a loué la maison où habite mon fils Robert. Elle y tenait une petite gargote. Elle avait acheté un phonographe et les jeunes venaient danser là. Et ça marchait bien, hein !
Parce qu'ici, dans les années trente, on était une centaine de personnes, les maisons n'étaient pas vides comme aujourd'hui !
Et puis à Berghe, ça faisait la fête ! Dans les rues, ça chantait et ça gueulait le tambour et le fifre ! Y'avait la farandole et tout ! C'était bien !
Rires

Nous, les plus petits, quand on allait à l'école le lundi matin, des fois, on trouvait des morceaux de chemise déchirée dans les rues.
Les jeunes de Berghe et ceux de Berghon se bagarraient quand ils étaient tchouks ! Et puis, y'avait des p'tites histoires avec les filles aussi… Ouh là ! On trouvait des bouts de linge…
Quand on montrait ça à la maitresse, elle n'en revenait pas !
(Surtout que les maîtresses, c'étaient des filles à papa !)

Une nuit, vers deux heures du matin, les jeunes qui avaient trop fait la fête, se sont mis à gueuler :
« Magdalena, venez nous faire des macaronis ! »
Et ils appelaient, et ils appelaient sans cesse, là, devant sa porte.
Juste au-dessus, y'avait sa chambre.
D'un coup, de colère, elle a versé son pot de chambre par la fenêtre et hop ! Elle a coiffé Marius, le fils du berger. *Rires*
Et tout le monde disait à Marius : « Surtout, n'ouvre pas la bouche ! Ne parle plus, hein ! »
Rires

21

PHOTOS

A l'église

Paroisse de Berghe

LIVRET
de famille chrétienne

CUNEO
TIPOGRAFIA PROVINCIALE G. MARENCO.

Derrière l'église…

Aujourd'hui, j'ai enfermé ma femme à la maison. *Rires*
Je pensais qu'elle était partie au jardin mais elle était montée se reposer dans la chambre. Je le savais pas alors j'ai fermé à clé en partant. C'est un voisin qui m'a prévenu. Mais enfin, elle pouvait sortir par la deuxième porte, hein!

Le curé habitait dans cette maison, avant. Et c'est par cette porte de derrière qu'il faisait entrer les veuves ! *Rires*

Un jour, un voisin est monté chez moi par là. Il m'a demandé : « Comment ça se fait que la dernière marche est si haute ? »
Eh bien, c'est parce qu'à l'époque où le curé a fait faire cet escalier, les dames étaient toutes en jupe et pour gravir cette marche, elles devaient soulever leurs jupons !
Et le curé pouvait regarder leur derrière ! *Rires*

Mais il y avait des rochers menaçants au-dessus de cette maison. (Ils y sont toujours d'ailleurs !) Alors dans le doute, le presbytère a été déplacé.
Parce que le curé, il croyait en Dieu, mais bon…
Donc il a emménagé dans la maison qui est sur la place, à côté de l'école.
Et il avait pensé à tout, le curé! A l'arrière, il avait faire une petite cour, bien à l'ombre. Pour la sieste, c'était confortable!
(Et pendant ce temps-là, les hommes travaillaient la terre en plein soleil, hein! Enfin…)

C'est dans la pièce du bas, qu'il nous faisait le catéchisme quand on était petits.
Une fois, pendant le cours, je me suis débrouillé pour attacher l'habit du curé à une table. J'ai fait un nœud bien solide et quand il a voulu marcher… Hop ! Tout a chaviré ! *Rires*
J'ai encore été puni ! J'étais le roi des punitions ! *Rires*
Il n'y a pas que lui qui avait le droit de faire des bêtises !

PHOTOS
Portraits d'anciens

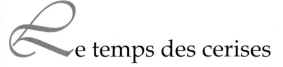e temps des cerises

Quand on était gamins, on allait voler des cerises chez Madeleine (Madeleine Belon, la femme à Gioanni Roch).
Et elle, elle rigolait pas avec ça, hein !
Alors pour nous en empêcher, elle nous faisait peur !
Elle nous disait : « Attention ! Dans le cerisier, y'a un monstre avec un masque et de grandes griffes ! »
Les plus jeunes tremblaient et ils n'y allaient plus.

Un jour, Marie (Marie, ma femme. Mais elle était jeune là, elle avait même pas dix ans) nous a vus passer depuis son balcon. Et elle l'a dit à sa copine, qui était l'une des filles de la patronne du cerisier.
Bien sûr, elle a été le répéter à sa mère, Madeleine.
Elles sont venues toutes les trois au cerisier pour nous prendre la main dans le sac : « Hé ! Les voleurs ! »
Mais moi, j'ai répondu : «Et alors ? Il est où le monstre ?
- Là, je l'ai vu bouger !
- Ah ! Je le vois pas ! »

Il faut dire que moi, j'étais déjà grand, alors ses histoires de monstre, hein… *Rires*

Les vieilles

Ici, les femmes travaillaient aux champs du matin au soir. C'étaient des esclaves !
J'en ai même vu qui s'en allaient au jardin quelques jours après leur accouchement, avec le couffin sur la tête et les outils à la main.

Et pour les jeunes filles, il n'y avait que la Sainte Vierge qui devait compter !
Quand certaines essayaient d'arranger un peu leur tenue,
le dimanche, les vieilles disaient : « Regarde-la, celle-là ! Quelle morveuse ! »
Si elles le pouvaient, dès la fin des études, les jeunes partaient en ville pour se placer chez un avocat ou un docteur comme bonnes à tout faire. Elles restaient un an ou deux et elles rapportaient des sous à leurs parents.
Ces filles, en voyant les tenues de celles d'en bas, imitaient un peu la mode. Et en août, pour la fête patronale, elles arrivaient à Berghe comme ça, bien mises. Et les vieilles disaient : « Regarde là, celle-ci ! Pour qui elle se prend ? Alors qu'elle lave la merde des autres ! »

Elles étaient méchantes comme tout, ces vieillasses !

Et y'en avait toute une longueur assises là, sur le muret près de la sacristie, en face des anciens. A chaque fois que quelqu'un passait, elles se lavaient la langue, hein ! Ouh là !

Le 24 Octobre 1915

POST CARD.

CARTE POSTALE

Communication—Correspondance

Address—Addresse

Mai cheres enfant je viens avec
plaisir vou donner de mai nouvelles to
jour bonne santé comme jes piere que
me présante carte vou trou vela denne
sur sete Carte ma photograpie avec mai
Camarade Demain je change de secteur
je vou donne rai de mai nouvelles dici quelque
jour Bon jour et au revoir votre piere qui vou
enbrase par toute sa vie Gioanni Jacque

es anciens

Assis sur ces escaliers, là, devant la sacristie, en face des vieilles, il y avait les anciens.

Ils étaient toute une bande. Y'avait Rochi (Gioanni Roch), Tchega (Gioanni Bernard), Savel (Botton Charles), Tchageta (Venesian Baptiste), Constantin Botton…etc.
(Pour savoir de qui on parlait, on se donnait des surnoms parce que tous les hommes s'appelaient Gioanni, Jean. Et c'était pareil pour les filles, parce qu'elles s'appelaient toutes Marie, à cause de la Sainte Vierge !)

Ici, il n'y avait que des bergers et des vachers. Ils ne savaient pas ce qu'était Nice, hein ! Ils voyaient un peu de pays quand ils faisaient leur service militaire mais autrement, toute leur vie se passait ici.

Mais moi, j'aimais ça, écouter les vieux. Je leur posais des questions. Ils me racontaient leur enfance. Ça m'intéressait. J'en ai appris par ces anciens ! (Mais quand on était un peu trop curieux pour notre âge, ils nous envoyaient promener, hein ! *Rires*)
Et puis, y'avait rien ici ! Alors pour occuper les veillées d'hiver, on se regroupait autour de la cheminée, on s'éclairait avec du bois gras et chacun des vieux racontait la sienne. Et puis, on allait se coucher.
Mais l'été, il n'en était pas question ! Parce que l'été, tout le monde se levait tôt pour se mettre au travail dès le lever du jour, donc on se couchait moins tardivement.

J'aimais beaucoup ces vieux !

Draguignan le 3 Novembre 1914

Mon cher beau frère

J'ai l'honneur de te faire savoir que je suis en bonne santé comme j'espère de la tienne

Je t'annonce que demain soir je pars pour le front avec courage et content, j'espère avoir encore la chance de retourner en dehors de tout danger

Je t'adresse cette carte en souvenir de moi qui d'ailleurs comme j'espère te fera bien plaisir

Ici à Draguignan il fait froid et même la glace se trouve chaque matin dans la cour du quartier

De Berghe je n'ai encore rien nouvelle je crois bien qu'ils soient en bonne santé tous

Enfin il me reste à te dire de te faire bon courage et a avoir de la patience de tout grabuge j'espère bien qu'il en viendra la fin

Aurevoir dans l'espoir de s'embrasser encore et pour toujours.

Ton beau frère
Victor Bellon 4ᵐᵉ alpins
Section hors rang par Draguignan
Troupe en campagne Var

31

1 4-18

Ça devait pas être beau cette guerre !
Les Allemands, eux, au moins, ils avaient reçu une vraie instruction militaire. En France, les hommes avaient fait deux ans de service quand ils étaient jeunes mais qu'est-ce que ça valait, ça ?! Alors ceux qui ont été mobilisés, ils se sont fait foutre sur la gueule, hein !
Ils sont partis de leur campagne comme ça, pour ainsi dire, pas armés. On leur a donné un fusil long (si long qu'ils pouvaient partir à la pêche avec !) et via !

Parmi la bande des anciens, y'en a plusieurs qui avaient fait 14-18.
Et alors, ils nous racontaient.
Rochi, il devait être dans l'artillerie, lui. Il nous disait toujours :
« Attention, quand ça dégageait les tirs, là, on n'pensait pas à l'amour, hein ! » *Rires*

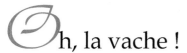

Oh, la vache !

Y'avait Belon Bernard dit Binassou, qui habitait ici.
Lui aussi avait fait 14-18. Seulement, lui, c'était un malin…
A Verdun, il avait un Commandant qui adorait le lait de vache et lui, Binassou… Eh bien… Il gardait la vache ! *Rires*
Il s'en occupait toute la journée : il la nourrissait, il la soignait, il la brossait, il la trayait et puis il amenait du lait à son Commandant.

Et ici, dans la maison d'en face, y'avait Charles Botton qui, lui, avait vraiment fait la guerre. Et quand il croisait Binassou, il lui disait toujours : « Alors, elle est où ? Où tu l'as laissée, ta vache ? »
Rires

La jalousie

   Binassou avait une femme très jeune. Il avait trente ou trente-cinq ans et sa femme avait une quinzaine d'années.
D'après les dires des vieilles, elle s'était mariée avec lui parce que sa maman était seule et elle aurait dit à sa fille : « Marie-toi avec lui, au moins tu mangeras à ta faim ! »
Binassou et sa femme habitaient cette maison-là. Et juste en face (dans la maison qu'habite Pépé aujourd'hui), y'avait Botton Charles.
Botton était plus jeune que Binassou et il était célibataire…
Alors Binassou en est devenu jaloux !
Un jour, en été, Botton s'est accoudé à la fenêtre pour prendre l'air.
Binassou rentrait à la maison à ce moment-là, et il a cru que Botton parlait à sa femme, car les fenêtres se font face.
Alors Binassou l'a regardé depuis la rue et il lui a crié : « J'suis pas encore crevé, hein ! »
Oh le con ! Quel cinéma ! *Rires*

M'en bati !

   Parmi les anciens, y'avait Batti Tchaguetta (Son vrai nom, c'était Baptiste Venezian).
C'est un vieux que j'ai vu trimer. Il labourait à genoux, hein ! Attention le mal au dos ! Mais à l'occasion, il ne faisait rien de tout ça ! *Rires*

Un matin, il devait aller à la vigne mais… il n'était pas pressé de se mettre au travail.
Alors, il disait à sa femme (il bégayait un peu) : « Ma-Marie, si je-si je ne trouve pas ma pipe, je m'en fiche, je-je ne vais pas à la vigne ! »
Sa pipe, il l'avait à la bouche, va !
Rires

Quel renard !

A Berghe, il y avait une quinzaine de personnes à avoir des vaches. Ils en avaient une ou deux. Ils les gardaient au village tout l'hiver. Mais de mai à septembre, tout le monde montait ses bêtes à la vacherie de la Ceva. Et puis ils s'organisaient pour garder tout le troupeau là-haut, à tour de rôle.
Le 25 septembre, la vacherie fermait, donc chacun allait chercher ses animaux pour les ramener à la maison.

Ce jour-là, en montant chercher ses bêtes, Binassou (c'est Bernard Belon qu'on surnommait Binassou) a croisé Jouanin Volpe.
(Volpe, ça veut dire « renard » en italien.)
Volpe était occupé à arracher ses patates mais Binassou, en passant, l'a quand même interpellé pour lui crier : « Oh Jouanin ! Tu l'as vu le renard ? »
Volpe lui a répondu : « Oui ! Je l'ai vu... Il disait bonjour à un âne ! »
Rires
Binassou ne s'attendait pas à cette réplique et il a filé, hein !

Sourde comme un pot

C'est les anciens qui m'ont raconté cette histoire.
Ils la racontaient devant les vieilles qui étaient assises là, sur le muret d'en face, exprès pour les faire bisquer ! *Rires*

C'est l'histoire de trois vieilles.
L'une des trois était sourde. Elle ne se fiait qu'aux gestes pour deviner ce qui se disait autour d'elle.
Toutes les trois aimaient jardiner et un jour, l'une expliquait à l'autre les légumes qu'elle avait récoltés :
« Moi, j'ai des grosses salades ! »
Et pour que son amie sourde comprenne, elle montrait avec ses mains la forme du gros paquet de feuilles.
L'autre a répondu :
« Moi, j'ai des concombres grands comme ça ! »
Et elle montrait la longueur avec ses doigts.
Alors, la sourde a demandé :
« Où est-ce qu'il habite ce jeune homme ? »
Rires

Les vieilles disaient aux anciens : « Quelle honte de raconter ça !
A vos âges… ! »
Et les anciens, ils rigolaient, va !
Rires

Il faut avoir le bras long !

Un jour, j'étais assis avec les vieux sur les escaliers de la sacristie. Des promeneurs sont montés à Berghe par Paganin et sont passés devant nous.

Il y avait une dame forte et, derrière elle, un type tout gringalet, fin comme un sifflet !

Et Rochi a dit : « Regardez-moi ça ! Elle se porte bien, hein !

C'est une jolie femme !

(A l'époque, les grosses, c'étaient des jolies femmes. Chacun ses goûts, hein !)

Mais lui… Pauvre homme !

- Pourquoi pauvre homme ? Pourquoi tu dis ça ? a demandé Tchega.

- Tu vois pas qu'il a les bras trop courts ? » *Rires*

En rentrant, j'ai raconté ça à ma mère. Elle a éclaté de rire !

Mon père, lui, il m'a dit : « Oh ! Pense plutôt à tes livres d'école, toi ! »

Mais moi, j'avais dix ans alors j'avais rien compris ! *Rires*

Tiens, un revenant !

C'est le grand-père à Marie qui m'a raconté cette histoire.
Ça s'est passé pendant son enfance. Alors, c'était y'a plus d'un siècle,
hein ! Et ici, à cette époque-là, ils croyaient aux revenants… Bon…
C'était comme ça !

C'est l'histoire de deux cousins germains. Ils étaient comme chien et
chat, ils ne pouvaient pas se voir. Et attention, des fois, ils se prenaient
par le colbac, hein !

Ils étaient propriétaires de la grande maison à Couleutroe, cette grande
bâtisse isolée qu'on voit en contrebas quand on prend le chemin de
Granile. Vous voyez ?
Ils en avaient hérité de la moitié chacun. Ils n'y habitaient pas mais
ils allaient tous les deux jardiner sur les terrains autour.

Un jour, y'en a un qui est mort.
Quelques temps après, l'autre est descendu à Couleutroe, comme
d'habitude.
Il se trouvait sur la placette de la maison quand… Brouuu !
Y'a eu une secousse tellurique !
Alors, il s'est retourné vers la porte et il a dit : « Oh sors ! Sors si t'es
un homme ! Vas-y, je t'attends ! »
Il était prêt à se battre ! *Rires*

Après il se vantait au village :
« Il a pas voulu sortir, mon cousin, hein ! Je l'attendais, moi ! »

Rires

Le trésor de Binassou

Vous connaissez Cola Rossa, au-dessus du lac Jugal ?
C'est un chemin en terre, qui descend sur la vallée des merveilles.
D'après les dires, à une époque, y'avait des types qui attaquaient
les diligences dans la Vésubie et qui s'enfuyaient sur Tende par ce sentier. Et en route, ils enterraient leurs butins par-là.
Les vachers du coin disaient toujours : « On a dû passer cent fois sur
cette cachette avec nos vaches mais sans jamais la trouver ! »

A Berghe, y'avait un bon vieux qui croyait en sa chance... Il était sûr
qu'il pouvait sortir le magot. *Rires*
Il s'appelait Binassou.
Il s'est fait un plan sur une feuille et le voilà parti avec des pics et
des pelles sur l'épaule. Et il a obligé sa femme, Joséphine, à le suivre !
(D'ici, y'a une bonne heure de marche, hein ! Et ça grimpe par-là !)

François, l'oncle à ma femme, m'a raconté qu'il gardait les chèvres
au Gaïb ce jour-là et qu'il les avait entendus redescendre sur le versant
d'en face, tellement Joséphine gueulait fort :
« En voilà, une fatigue pour des prunes ! Espèce d'idiot ! Être andouille
comme ça à ton âge ! » *Rires*

Il est vrai que, là où il est allé creuser, il y avait un bloc de pierre
presque carré. Et puis autour, c'était lisse, y'avait pas un arbre, y'avait
seulement l'herbe qui poussait (comme si sous terre, il y avait quelque
chose qui empêchait les racines de se développer).
Mais... Y'avait un hic... C'était pas à Cola Rossa !
Binassou s'était trompé de point géographique !
Ah le con ! *Rires*

J'ai dormi contre ce bloc parfois, quand je gardais les brebis là-haut.
Il y avait encore le trou qu'il avait creusé ! Je l'appelle encore, et mes
fils aussi, la pierre de Binachou. *Rires*

42

Le trésor de Cola Rossa

Cola Rossa, c'est sur la pente Est de la Nauque.
C'est à cet endroit que mon fils Edmond pose du sel pour ses vaches.
On appelle ce lieu « le Ciot ». Vous voyez où c'est ? Moi, je ne peux plus y monter, autrement je vous y conduirais, Julie !

Avant, trois bergers mettaient leurs troupeaux là-haut pendant la belle saison. Ils y montaient une semaine chacun pour garder leurs brebis. Et pour les aider, ils embauchaient cinq garçons bergers.
Mais eux, ils montaient au Ciot au mois de juin et jusqu'au mois de septembre, ils n'en redescendaient plus. Et à l'époque, là-haut, c'était pas un chemin d'excursion comme aujourd'hui, hein ! On n'y voyait jamais personne à part les brebis et les animaux sauvages.

Un jour, les garçons bergers ont été surpris de voir cinq types débarquer là. Surtout qu'ils se sont mis à creuser…
Un des garçons bergers était curieux, alors, il est allé leur demander :
« Qu'est-ce que vous creusez ?
- Un trou pour te mettre dedans ! », l'un d'eux lui a répondu !
Le petit est vite retourné à son troupeau, hein ! *Rires*
Mais, de loin, il a continué à les regarder faire.
Et il les a vus sortir de terre une jarre, puis se partager ce qu'il y avait dedans. Ensuite, trois d'entre eux sont partis vers le Piémont et les deux autres, en direction de Nice.
Après leur départ, le jeune s'est approché du trou… Et il y a trouvé des pièces de deux sous en cuivre. (C'était une monnaie ancienne qui existait avant les sous troués.)
Plus tard, il a raconté tout ça au village. Et il en est ressorti, après enquête, que ces cinq types étaient des bagnards qui avaient mis les voiles et qui étaient venus reprendre leur butin avant de disparaître de la circulation.

Voilà une légende qui est de taille, hein, Julie !

*T'*en fais tout un fromage !

C'est l'histoire d'un vacher qui…aimait « changer de bouche », changer de femme quoi ! *Rires*
Certains soirs, il s'absentait du domicile conjugal pour, soi disant, rejoindre les copains. En fait, il rejoignait ses conquêtes sous le pont de Campané. (Le pont de Campané, c'est ce pont qui traverse la Roya à côté de la mairie de Fontan. Vous voyez ?)
Naturellement, les filles du pays n'allaient pas s'amuser à ça avec lui !
Il ne pouvait séduire que les filles de passage.

Un jour, il a rencontré une dame qui arrivait de Nice (une serveuse des postes) et il lui a fait son numéro. Mais le hic, c'est que cette dame était une amie à sa femme. Seulement, il l'ignorait ! Et elle non plus ne savait pas que ce type était le mari de son amie ! Vous voyez un peu le méli-mélo ! *Rires*
Plus tard, les deux dames se sont rencontrées à Fontan et pendant qu'elles s'échangeaient quelques mots, le mari est passé au loin.
En le voyant, la serveuse des postes a dit à son amie : « Regarde celui-là là-bas ! J'ai un rendez-vous avec lui ce soir ! C'est un bel homme, hein !? Tu ne trouves pas ?
- Si, bien sûr, puisque c'est mon mari ! », elle lui a répondu. *Rires*

Toutes les deux lui en ont voulu, hein ! Et y'avait de quoi ! Donc elles se sont mises d'accord pour le piéger.
La femme a dit à son amie : « Tu sais quoi ? Je vais aller sous le pont à ta place ce soir ! »
Et elle y est allée !

44

Comme le rendez-vous se passait la nuit et qu'elle chuchotait pour ne pas faire entendre sa voix (et qu'ils n'ont guère conversé, de toute façon !), son mari ne l'a pas reconnue.
Si bien qu'en plus, il lui a dit : « Tu sais, j'aime beaucoup plus faire ça avec toi qu'avec ma femme. » *Rires*
Et puis, il est parti, en lui laissant un petit fromage, car il en portait toujours un en cadeau à ses conquêtes. Après cela, il a rejoint ses copains au bar. Et elle, elle est rentrée à la maison avec son fromage.

Le lendemain midi, leurs enfants sont sortis de l'école et sont rentrés pour manger. Comme le mari, était radin, il leur faisait toujours des réflexions à table. Et là, au moment du fromage, il a dit à ses enfants : « Oh ! Coupez-le fin ! Ça coûte cher le fromage, hein ! ».
(Alors qu'il le donnait tout entier à ses maîtresses ! Le donner en cadeau d'accord, mais pas s'il en manque aux enfants ! Bref !)
Alors là, sa femme lui a rétorqué : « Dis, ce fromage, je l'ai gagné hier soir sous le pont de Campané ! Alors, c'est à moi de décider comment on le mange ! »
Le type ne savait plus où se mettre, hein ! *Rires*

Et du coup, après cette histoire, il s'est tenu à carreau !
Il faut dire qu'il avait été servi là !
Rires

$\mathcal{T}$'y vois clair ?

Quand ils étaient enfants, en Italie, mon oncle et mon père étaient garçons vachers chez un fermier.
Un jour, à la ferme, une Zingara (Les Zingare, c'est les Bohémiens.) est arrivée.
Elle passait de maison en maison pour lire les lignes de la main.
La femme du fermier croyait dur comme fer à tout ça. Elle se faisait lire les lignes de la main et les cartes et puis elle était toujours fourrée à l'église à allumer des cierges, etc... Alors qu'elle était méchante comme la gale, cette femme ! Le fermier était toujours en lutte avec sa femme à cause de ça d'ailleurs. Il lui disait toujours : « Toi, le diable dresse déjà le poil en t'attendant ! » *Rires*

Ce jour-là, le patron en avait vraiment marre, alors il a dit à mon père : « Baptiste, monte vite sur le toit avec un seau de purin et reste juste au-dessus de la porte. Quand je te fais signe, tu vides tout ! »
Alors, pendant que la Bohémienne était occupée à raconter ses salades à la fermière devant la maison... Pof ! Mon père l'a coiffée de purin !
Rires
Elle s'est mise à gueuler comme un putois ! Et puis alors, des injures... Ouh là là !
Le fermier est allé vers la voyante et il lui a dit : « Madame, vous n'l'aviez pas vu venir ça, hein ! »
Rires

Titres et coupons

C'est mon oncle qui m'a raconté cette histoire. Il m'a bien fait rire, là !
C'est l'histoire de deux gros fainéants qui étaient en quête d'un moyen de manger sans avoir à travailler.
En se promenant sur la place de Turin, ils ont vu un panneau :
« Banque de secours à titres et coupons ».
Ils se sont dit : « Oh ! Aujourd'hui, on a de la chance ! Qu'est-ce que tu prends, toi ?
-Moi, je prends des titres ! »
Et celui-ci est entré en premier dans l'établissement.
A l'intérieur, un monsieur attendait les visiteurs et il l'a accueilli ainsi : « Que voulez, Monsieur ? Des titres ? Vous allez en avoir !
Espèce de fainéant, de profiteur et de menteur ! Voilà !
Vous en voulez d'autres des titres ? »
Notre fainéant est vite ressorti sans demander son reste, hein !
Et avant d'avoir pu prévenir son ami, il a vu celui-ci entrer pour demander des coupons.
A l'intérieur, il a été accueilli ainsi :
« Vous venez pour des coupons ? » Et poum, il se prend un coup d'poing !
Rires
Ça leur a appris à travailler, va !

La trahison

Georges : « Ça, Julie, ce que je vais vous raconter, c'est une histoire que tout le monde connaît à Berghe.
C'est l'histoire d'un berger qui s'appelait Jean Coueunas.

D'après les dires des anciens, un jour qu'il gardait ses brebis sur la roche de la Traïa (cette grande falaise qui surplombe le village), une bande de types est arrivée par là-haut vers lui et ils lui ont demandé : « Où est Berghe ?
- Berghe, c'est juste en bas ! Pourquoi ?
- On a été envoyés pour tout brûler ! Alors, fais nous voir le chemin et vite !
- D'accord ! Il faut passer là et ensuite, c'est tout droit ! », il leur a répondu.
Mais, en fait, il leur avait indiqué le pas...
Et là, sur une dizaine de mètres, si on manque de pied, on bascule !
Il faisait nuit et y' avait du brouillard... Ils ont tous chuté à pic de deux cent mètres !
Mais le dernier, il l'a attrapé à temps et il lui a coupé une oreille !
Et puis, il lui a dit : « Je m'appelle Jean Coueunas ! Plus il en viendra et plus j'en tuerai ! Va dire ça à celui qui t'a envoyé !»

Voilà comment il a sauvé le village et c'est pour ça qu'on appelle ce pas, le pas de Jean Coueunas. »

Marie : « Et c'est pour ça qu'on appelle ce grand rocher la Traïa, le rocher de la trahison. Traïa, ça signifie «trahison» en patois.

Mais on n'sait pas si c'est vrai ou si c'est une légende, cette histoire !
Parce que soi-disant, Jean Coueunas se serait mis à jouer du tambour pour couvrir les cris des premiers pendant leur chute…
Mais ils n'auraient pas été bêtes comme ça quand même !
Si y'en a deux qui sont tombés, les autres n'auraient pas suivi !

C'est des histoires, ça ! Je ne sais pas qui peut s'intéresser à ça ! »

Georges : « C'est les dires des anciens… C'est nos légendes !
C'est important de les transmettre ! »

Une *Jeunesse* au cœur de la guerre

- 1ère Partie -
Les années 40 à la frontière italienne

Quand faut y'aller, faut y'aller !

Oh, Madone !

On connait la faim

Sur le chemin de Granile

Courage, fuyons !

C'est de la bombe !

Un coup de pied au...

Le coup du lapin

Grotte et casoun

Le tout pour le tout

Le p'tit coq !

Georges, le retour

La dernière nuit

Les Amerloques

Georges engagé dans la DFL

Quand faut y'aller, faut y'aller !

En 1940, on a évacué de Berghe une première fois.
Moi, j'avais 14 ans.

Ici, à l'époque, y'avait trois postes de TSF (de radio) et le bruit courait
qu'à minuit Mussolini devait envahir la France...
Et la frontière avec l'Italie était tout près, là, hein !
Mais personne ne montait nous informer de la situation et aucun ordre
d'évacuer ne nous venait de la mairie de Fontan.

C'est le grand-père à Marie, Toumazîn (Thomas Beltrando), qui était
adjoint au maire de Fontan, qui a pris la décision de nous faire évacuer.
Il a fait passer la nouvelle ici et à Berghon et nous voilà tous mis en
route. Minuit était passé, déjà.

Arrivés à Fontan, on a trouvé personne ! Tout le monde était parti !
Il n'y avait pas un bruit dans les rues à part les chats qui miaulaient.
On a seulement rencontré des militaires. Et attention, ils ne rigolaient
pas trop de nous voir débarquer comme ça, hein !
Ils nous ont dit : « Qu'est-ce que vous faites là ? Vous venez d'où
comme ça ? »
Toumazîn s'est avancé auprès du chef de poste et il lui a tout
expliqué : « On est de Berghe. On n'a pas été prévenus qu'il fallait évacuer ! Et on se demande bien pourquoi, d'ailleurs !? »
(C'était une drôle d'affaire ! Je ne sais pas comment le maire a arrangé
cette histoire là ? Ça n'a pas eu de suite... Moi, si j'avais été adjoint
comme le grand-père à Marie, je serais allé trouver le maire de Fontan
et je lui cassais la gueule, hein !)

52

On a pu passer ce premier barrage et on est arrivés au pont d'en bas. On voulait filer sur Breil par là mais les militaires postés à cet endroit nous ont dit : « Sur ce pont, vous n'y passerez pas, il va sauter ! » Et en effet, il a sauté ! Et c'était un sacré pète ! Le pont a volé en l'air, hein !

Toumazîn a demandé aux militaires quel chemin on pouvait prendre. (En sachant qu'il y avait des femmes, des enfants et des vieillards et qu'on ne pouvait pas prendre des chemins trop escarpés.)

Ils lui ont répondu : « Vous pouvez continuer la route par le Caïros et rejoindre Cabanes vieilles, il y a un camp militaire sur le sommet, à l'Authion. » Alors, nous y voilà partis.

Et puis ensuite, on est allés jusqu'à Juan-les-pins. Là, on a été accueillis dans un hôtel. Seulement, on nous a pas donné des chambres, hein, on dormait dans le réfectoire. Je me souviens de toutes ces paillasses en travers dans cette grande salle. On dormait, pour ainsi dire, les uns sur les autres.

D'ailleurs, ça me rappelle une anecdote… Une nuit, y'en a un de Berghon qui s'est réveillé à trois heures du matin. (Quand on est vieux, on se lève la nuit, hein !) Et en revenant, il s'est trompé… Il a passé la main sous la couverture de la jeune fille qui était placée à côté de sa femme… Oh, elle a poussé un de ces cris ! *Rires* Sa femme s'est réveillée et elle lui a dit : « Oh ! Où tu vas te fourrer, toi, encore ? » *Rires*

PHOTOS
Occupation et résistance

Oh, Madone !

En 1940, les Italiens ont occupé Berghe. On avait tous évacué les lieux et le 38 d'infanterie italien s'est installé ici.

Dans l'église, ils ont trouvé cette Madone pleine d'offrandes : les filles se privaient de leurs bijoux pour lui mettre des boucles d'oreille, des bracelets, etc. Elle était couverte de ces cadeaux !
(Qu'est-ce que ça lui faisait à cette statue de plâtre, hein ? Ça servait à rien tout ça ! Enfin…)

Quand le village a été libéré et qu'on est revenus ici, la première des choses qu'ont faites les filles, c'est de courir voir leur Madone.
Et elles l'ont retrouvée complètement lisse !
Les Calabrais avaient raflé toutes leurs offrandes!
Rires

On connait la faim !

Ici, à Berghe, on avait l'habitude de manger ce qu'on trouvait sur place. Quand il manquait quelque chose, il fallait apprendre à faire avec ! On n'attachait pas les chiens avec des saucisses, hein!

On récoltait surtout du blé ici. Alors, ma mère, elle ébouillantait la graine de blé et elle la mettait dans la soupe à la place du riz, parce que pour avoir du riz, il fallait l'acheter. Mais c'était nourrissant, hein !
Et puis, on mangeait le sanglier qu'on avait chassé. Parce que nous avions des vaches et des moutons mais il fallait éviter de les manger nous-mêmes pour pouvoir les vendre. Car c'est avec cet argent là qu'on pouvait se procurer chez l'épicier les denrées qui nous manquaient. Et pour ça, il fallait marcher, hein ! Y'avait aucun commerce à Berghe.

Pendant la guerre, c'était encore plus difficile de s'approvisionner.
Je peux vous dire qu'il y a des jours où on a connu la faim !
Je me souviens d'un soir où j'avais le ventre presque vide, on avait juste eu un petit bout de pain à manger. Alors avec un cousin à Arlette (la femme à Maurice, qui habite sur la place), on a décidé d'aller à la chasse au chamois dès le petit jour. Il fallait monter assez haut et puis, on était au mois de mars donc y'avait de la neige en pagaille, hein ! Mais après des heures et des heures de marche, on en a attrapé un !
Le cousin d'Arlette avait tellement faim, qu'il m'a dit :
« Attends, viens, on lui enlève le foie ici et moi, j'en prends un bout maintenant ! » Et il l'a mangé comme ça, cru !
Attention, hein ! C'est qu'il était mort de faim pour pouvoir faire ça !
Et puis on est redescendus au village. Et ce jour-là, les pommes de terre étaient bonnes, hein !
Rires

PHOTOS
Les enfants de la guerre

Sur le chemin de Granile

Pendant la guerre, on trouvait des vivres à Granile.
Le père de Mario Guido se ravitaillait en grande quantité à Tende
(je n'ai jamais trop su comment) et nous, les Saorgiens, les Fontanais,
les Breillois et parfois même des Niçois, on faisait des voyages à dos
d'homme pour ramener des sacs de provisions dans nos villages.
C'était un sacré trafic, hein ! Un soir, on s'est compté quarante contre-
bandiers sur le chemin de Granile.
Envers le père de Mario, j'aurai toujours la reconnaissance du ventre !

Pour nous rendre à Granile depuis Berghe, on passait par le petit
sentier qui part au bout du village, vous voyez ?
Mais Granile, c'était italien à l'époque et même sur ce petit chemin de
terre, y'avait une frontière et elle était gardée. Elle se situait à mi-che-
min entre les deux hameaux, là où il y a encore un poteau électrique
sur le bord du sentier. Vous voyez ? C'est là qu'il y avait le poste.
Pour que les militaires nous laissent passer, on leur donnait un peu de
nourriture. Parce que eux aussi, ils crevaient la faim, hein ! Mais c'était
toujours un peu tendu. Je me souviens d'un jour où une sentinelle en
voulait trop… Pour lui faire entendre raison, il a fallu qu'une balle
siffle et fasse une étincelle sur le rocher juste à côté de lui, hein ! *Rires*

En 1943, quand le roi a destitué Mussolini, c'est les militaires italiens
qui ont dû emprunter ce chemin discret ! Car à ce moment là, ils occu-
paient le territoire jusqu'à Marseille et du jour au lendemain, ils ont
reçu la consigne de rentrer chez eux par leurs propres moyens.
Alors ils passaient par les montagnes pour ne pas se faire attraper par
les Boches. Parce que sinon, ils étaient envoyés en Allemagne pour
travailler, hein, attention !
Y'en a plusieurs qui, en passant à Berghe, m'ont demandé une veste
« civile » pour qu'ils puissent jeter leur veste militaire. Je leur ai donné,
va ! C'étaient juste des jeunes qui avaient été obligés de partir de chez
eux et qui voulaient aller retrouver leur mère ou leur femme.

Courage, fuyons !

Mon père s'est cavalé. Il a eu du courage là, mon père !
D'ordinaire, c'était pas un grand courageux ! (Mon oncle l'était, lui,
mais mon père était beaucoup plus posé.)

Il avait été ramassé par les Allemands. Il était dans un train en partance
pour l'Allemagne, entièrement rempli de déportés raflés dans les Alpes
maritimes.
A Marseille, à la gare St Charles, son train s'est arrêté (pour laisser
la priorité à la circulation des transports de civils). Sur le quai, y'avait
deux bonnes sœurs avec de grosses valises qui se dirigeaient vers
le train qui repartait en sens inverse, c'est-à-dire vers Nice.
Mon père est allé les aider à porter et à charger leurs valises.
Et puis...il est resté dans leur train.
La sentinelle n'a pas fait attention. Le train a filé et mon père est rentré.
Voilà comment il l'a joué !
Mon père, c'était un bigot et pour le coup, on peut dire que ça l'a sauvé!
Rires

Mais les gendarmes l'ont cherché. Et y'a aussi des gens d'ici qui nous
ont demandé, à ma mère et à moi, où était mon père…
Nous, on a répondu qu'il était parti pour l'Allemagne. En fait, il avait
pris le maquis. Il s'est caché dans la montagne, vers Mouga, pendant
tout l'hiver.
Les Allemands ne cherchaient pas par là. Mais à un moment donné,
une section s'est arrêtée à cet endroit, à l'intersection pour le Tate.
Puis, ils ont dû filer par le col de Tende en abandonnant du matériel.
On a trouvé une caisse remplie de munitions et de nouilles. C'était
une belle caisse en bois.
Bien plus tard, on l'a mise dans la grotte, au Gaïb et on l'a utilisée
comme une table quand on gardait les brebis. C'est mon fils Edmond
qui a eu cette idée.
D'ailleurs, elle est toujours là-haut cette caisse.
Vous l'avez vue, Julie ?

61

C'est de la bombe !

En 1942-43, y'avait un officier allemand qui logeait là, dans la maison qu'on occupe aujourd'hui avec Marie.
Pour le réveillon du jour de l'an, nous, la bande de jeunes, on s'était réunis dans la maison d'en face. Et cet officier s'est invité à notre soirée. Comme il était malin, il est venu toquer à la porte sous prétexte d'avoir entendu du bruit. Alors, on lui a répondu : « Bah, asseyez-vous là !
Il est bientôt minuit et on va manger. » (Les filles nous avaient préparé les raviolis.) Il s'est assis.

Il était très poli. Il nous a écoutés parler et chanter. On était surpris car il parlait très bien le français. Quand je lui en ai fait la remarque, il m'a répondu : « Dans le civil, Paris est ouvert à tout le monde ! »
En fait, avant la guerre, il avait suivi des études de Droit à Paris.
Et puis, vers trois heures du matin, il s'est levé : « J'ai passé une bonne soirée avec vous ! Je vais me coucher. Mais avant, je vais vous dire encore quelque chose… Messieurs et dames, nous les Allemands, nous sommes en train de trouver l'arme qui va faire de nous les maîtres du monde ! »
Moi, en entendant ça, il m'échappait des bouffées de rire parce que les Boches se prenaient des raclées de partout !
Mais, cet officier ne rigolait pas, hein !
Plus tard, on a eu connaissance de la bataille de l'eau lourde, en Norvège.
Les Allemands étaient en train de trouver la bombe atomique !
Mais ce soir-là, ici, personne ne l'a cru !

Un coup de pied au ...

La maison où vous habitez maintenant, Julie, ça a toujours été un lieu de rencontre au village.
En dernier, c'est Pierre Giordanengo et sa mère Margot qui habitaient là. Et avant, c'était les grands-parents : Catherine et Pierre Palma.
Quand j'étais petit, je pouvais venir chez eux m'asseoir près du feu, et on ne m'a jamais demandé de partir.
Tout le monde venait là, pour discuter, ou prendre un verre, ou pour la veillée.
Et pendant la guerre, les maquisards se rencardaient là parce qu'il y avait un poste de radio. Car Pierre dit François, leur fils, il était dans la résistance.
S'ils se faisaient prendre, ils se faisaient fusiller, hein !
Et y avait des allemands partout autour, hein !
Et surtout dans le maison juste à côté...
Y'avait deux femmes qui habitaient là. Deux femmes qui allaient faire des « Ouh !Ouh ! » aux douaniers italiens, hein ! Et puis, elles payaient le café aux allemands.
Alors moi, un soir, je suis monté sur leur toit et j'ai bouché la cheminée, pour les faire bisquer.
Et elles sont allées chercher l'officier allemand.
On lui a fait la courte échelle et avec la pile électrique, il a éclairé la cheminée. Et moi, j'étais toujours sur le toit...
J'étais juste là, caché dans un recoin, à quelques centimètres de lui.
Là, je me suis dit « S'il tourne la pile vers moi, je lui fous un coup de pied dans la gueule ! ». Et attention, hein, je l'aurais envoyé en bas, hein ! C'était un cas de vie ou de mort, hein !
Mais non... Il s'en est bien tiré !
Et moi, j'ai filé par les toits et je suis arrivé sur le petit balcon de la maison où vous habitez maintenant, Julie.
J'ai frappé aux carreaux.
La grand-mère, Catherine, était déjà au lit. Elle s'est levée et elle m'a ouvert la fenêtre étonnée : « Mais ? D'où tu viens, toi ? » *Rires*
Et elle ne le sait toujours pas ! *Rires*

Le coup du lapin

Les filles d'ici n'ont jamais pu se plaindre que j'étais cavaleur puisque la seule fille du pays que j'ai fréquentée, c'est Marie.
Avant elle, je n'ai connu que des filles venues d'ailleurs.
De toute façon, j'n'aimais pas les jeunes filles.
(C'est vrai que j'avais vingt neuf ans et Marie en avait seulement dix neuf quand on s'est mariés, mais avant cela, je préférais les dames d'un certain âge.)

En 1943, une dame est montée s'abriter à Berghe avec ses deux enfants quand son mari a été déporté en Allemagne.
C'était une belle dame. Et puis, elle était brune ! (Je n'ai jamais approché une blonde ou une rousse, hein !)
Mais cette dame m'a fait passer pour un morveux !
Il faut dire que j'avais 17 ans et la peau des joues aussi lisse que la vôtre, Julie ! Et surtout, j'étais fougueux ! Je ne savais pas qu'il fallait prendre son temps pour la chose… Alors, quand j'ai eu fini avec elle, elle m'a dit : « Dis donc, tu t'es pris pour un lapin ? »

Ouh là là !
Quand je la croisais dans la rue après, je n'osais plus la regarder !
Je rasais les murs, hein !
Rires

rotte et casoun

A l'automne 1944, toute la population de la vallée a été déplacée pour laisser place aux combats militaires. Les Allemands ont embarqué tout le monde : Direction Turin !

Mais y'a trois familles de Berghe qui se sont planquées dans une grotte pour ne pas être déportées. Ils ont passé l'hiver là !
Il y avait Eugénie (que vous connaissez), sa sœur Alexandrine, son père et sa mère. Ça fait quatre ! Et puis il avait la cousine à Eugénie, Odette, et ses parents. Ça fait sept. Et puis, il y avait Albert, son frère et leur père et leur mère. Ça fait onze !
Ils avaient aménagé des couchages d'un côté et puis dans un autre coin, c'était la cuisine. Ils cuisinaient seulement le soir parce que dans la nuit, les Allemands ne voyaient pas les fumées. C'était une bonne idée !
Un de mes fils pourrait vous amener voir cette grotte, Julie.
Sinon, sur un plan, je peux vous expliquer où c'est.
Vous prenez le chemin qui part du vallon et vous passez les premières ruines de Mouga. (Y'en a deux. Elles sont sur la droite, vous verrez.) Quand vous arrivez aux deuxièmes ruines (Y'en a quatre, toutes collées les unes aux autres), là, il y a une roche. La grotte est en bas dessous. Mais c'est assez haut, on ne peut pas passer par là, il faut contourner les rochers. Il y a un sentier (Enfin, je ne sais pas s'il est encore tracé ce sentier ?) qui amène à une deuxième roche. (Elle est cachée dans les arbres.) De là, on voit la bâtisse qu'ils avaient construite devant l'entrée de la grotte.
Allez voir !

Département
des
ALPES-MARITIMES
——
MAIRIE
de
FONTAN

Fontan, le 195

CERTIFICAT DE DÉPORTATION

Le Maire de la Commune de FONTAN, Arrondissement de NICE, Département des Alpes-Maritimes, certifie que :

M.onsieur PALMA Pierre, François

Né à Berghe de FONTAN (A.M.) le 11 Février 1914

Fil   de PALMA François   et de BOTTON Catherine

Profession de cultivateur   Domicilié à Berghe

de F...N

a été déporté en Italie par les troupes Allemandes le 12 Novembre 1944   et interné aux Casermettes SAN-PAOLO à TURIN,

d'où il n'a été rapatrié que le 30 Avril 1945

En foi de quoi il a été délivré le présent pour servir et valoir ce que de droit.

....

....

....

Fontan, le 6 Août 1974

le Maire :

66

Marie, (Marie, ma femme. Mais elle avait 8 ans, là.), elle non plus n'est pas allée à Turin.

Elle a passé l'hiver dans un casoun avec sa mère, son frère, sa sœur et aussi son oncle et ses cousins (cinq ou six enfants).

(Le père à Marie, lui, était mort à Sospel en marchant sur une mine...) Et il a fait un froid cet hiver là ! Ouh là !

Ils n'ont pas tant souffert de la faim par contre... Ils avaient de la farine et ils se faisaient des espèces de galettes de pain et des pâtes. Et l'oncle à Marie aussi avait des chèvres donc ils avaient du lait.

Le grand-père à Marie (son pépé Bedé, Benoit Botton), lui, il était resté à la maison, à Berghe. Il n'avait pas voulu aller à Turin. Mais les Allemands ne lui avaient rien dit parce qu'il était vieux !

Alors avec son âne, de temps en temps, il venait jusqu'au casoun pour porter des châtaignes, des pommes de terre, des pommes...

Comme il n'y avait plus personne au village, il allait ramasser ça chez les gens plutôt que de les laisser gaspiller ou manger par les animaux.

Mais attention, en 1945, quand nous, les troupes françaises, on est arrivés par les montagnes et qu'on a occupé Breil, Marie et sa famille étaient au milieu des feux de l'artillerie des uns et des autres, là.

Ils ont vu des obus de près, hein !

Adresser la correspondance à
Mr l'Intendant Militaire de
2e classe sans indication de nom

IXme Région Militaire

PLACE DE NICE

Intendance Militaire des Corps de Troupe
et des Réquisitions
des Alpes-Maritimes et des Basses-Alpes

**Caserne Rusca - Place du Palais
NICE**

TÉLÉPHONE 831-52 & 872-15

L'INTENDANT MILITAIRE
de 2me classe LUONGO,
Chef de Service

à

Monsieur PAIMA Pierre

à BERCHE-de-FONTAN

(Alpes-Mmes)

N° **14 34** /MAT.

classement : -Dossier 7003 -

Nice, le 3 Septembre 1948

Objet : -FOURNITURE DE DENREES AU MAQUIS de la CEVA en
Référence : AOUT, SEPTEMBRE, OCTOBRE 1944.

———

Monsieur,

      Comme suite à votre demande d'indemnité formulée au
sujet de fourniture de denrées au Maquis de la CEVA pendant les
mois d'AOUT, SEPTEMBRE, OCTOBRE et NOVEMBRE 1944, j'ai l'honneur
de vous adresser sous le présent pli, une facture s'élevant à
la somme de: QUATRE MILLE NEUF CENT VINGT DEUX Francs (4.922 frs)
correspondant aux prix licites pratiqués en 1944 pour les denrées énumérées sur votre liste en date du 1° Août 1948.

      Afin de me permettre le mandatement de cette indemnité,
je vous serais très obligé de bien vouloir m'adresser quatre
factures établies selon le modèle ci-joint et complétées par
votre signature.-

      Recevez, Monsieur, mes salutations distinguées.

P.J.1

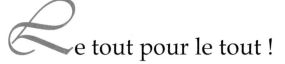

Le tout pour le tout !

En 1944, tout Berghe a été déporté à Turin par les Allemands. Y'en a d'ici qui se sont cachés dans une grotte ou un casoun pour ne pas partir. Et nous, on s'est cavalés par la Vésubie.
Mais pour ça, il fallait passer les lignes allemandes…

C'est Joseph Gioanni qui a donné cette idée à mon père. Il lui a dit : « Baptiste, y'a le berger de la Brigue qui a repéré un chemin à travers la montagne et il passe à Berghe demain dans la matinée… »
Alors, on a pris le bétail et via !
On s'est joint à lui et on est partis avec un troupeau de 700 ou 800 têtes : des vaches, des moutons, des chèvres et un âne.

L'âne y est resté ! C'est un niçois qui devait conduire cet âne.
Mais quand on s'est approchés des lignes allemandes, vers deux heures du matin, les militaires ont envoyé une fusée éclairante dans notre direction. Ils nous avaient entendus arriver avec tout ce remue-ménage. Huit cent bêtes, ça fait du bruit !
Le niçois, ce trouillard, il s'est cavalé en laissant l'âne. L'âne a pani-qué et on l'a retrouvé sur le ventre, dans un trou. Il ne pouvait plus marcher. C'est lui qui portait nos habits… On a dû tout laisser…

On a pu continuer à avancer car le berger de la Brigue avait bien réfléchi ce passage : on était en contrebas quand les Allemands ont lancé leur fusée et ils ne nous ont pas vus. Le blockhaus du col de Raüs, on l'a passé à quelques centaines de mètres seulement…
On a risqué gros !
Le tout pour le tout !

On est arrivés à Belvédère. Ensuite, on est allés sur Roquebillère, Lantosque, St jean de la rivière et puis on est descendus par la vallée du Var. On a fait une halte avant le pont de la Manda puis on a filé à Cagnes sur mer.

Là, mon père a loué une ferme à un comte.
J'ai gardé un bon souvenir de lui, c'était un brave type !
Quand il a su que nous avions tout quitté, il nous a fait porter des sommiers, des couvertures, et une batterie de cuisine.

Je me souviens aussi d'un capitaine qui a voulu savoir comment on avait pu franchir le col de Raüs.
Quand mon père lui a raconté, le capitaine lui a répondu :
« Les Allemands n'ont pas pu imaginer que vous passiez en faisant tout ce remue-ménage, sans être accompagnés par des hommes en armes ! Que vous n'ayez pas peur de traverser les lignes comme ça, ils n'ont pas pu y croire ! »
Rires

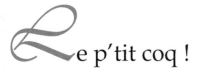

Le p'tit coq !

En 1944, quand j'ai eu dix huit ans, je me suis engagé dans la DFL.
J'ai été envoyé chez vous, Julie, en Lorraine, dans une compagnie basée à Epinal. J'étais sous les ordres du Capitaine Charrer. J'ai passé l'hiver là-haut et là, j'ai su ce que c'était que le froid, hein ! *Rires*

Au printemps 1945, ma compagnie est descendue sur le front des Alpes. On s'est arrêtés un temps dans la Vésubie. On a pris le relais des américains pour le secteur de Roquebillère.

Un jour, je montais la garde d'un pont parce qu'il y avait là un champ de mines...
Et y'avait une bonne vieille qui regardait ses poules s'échapper au milieu de tout ça.
Et le coq, lui, il y est resté, parce qu'il était plus haut, il a touché un des ces fils qui reliaient une mine à l'autre et il est parti en éclat.
Cette pauvre vieille m'a dit : « Vous vous rendez compte... Avec toutes les restrictions qu'il y a, je vais devoir le laisser pourrir sous mes yeux... »
Alors, plus tard, quand j'ai été relevé de mon service, j'ai été au milieu des mines.
Je regardais bien les fils. Ils étaient fins comme du fil de pêche, hein !
Je faisais un pas, et puis un autre, jusqu'à pouvoir ramasser le coq.
Et je suis allé le porter à la vieille.
Elle voulait me le donner. Mais qu'est-ce que j'en faisais, moi, j'étais militaire.
Alors, elle m'a invité : « Vous viendrez le manger chez moi. »
Je n'y suis pas allé. Cette bonne vieille, elle me faisait peine.

Quand j'y repense... J'ai eu beaucoup de chance, hein !
Et heureusement que mon Commandant n'a rien appris de cet épisode, parce que sinon, il me foutait quelques jours en tôle !
Rires

Georges, le retour

Plus tard, je me suis retrouvé à Breil avec ma compagnie. On est venus par le col de Bruis (De ce côté, les Allemands étaient repliés sur l'Authion). Quand on est arrivés au dessus de la gare (là où il y a comme un château), on a cherché un moyen de descendre sur Breil en évitant les tirs d'artilleries, car les premières lignes étaient juste après la Giandola.

C'est là qu'on a trouvé deux petits vieux qui s'étaient enterrés ici pour ne pas être évacués. Il s'étaient fait une casa le long d'un mur, si bien que si un obus tapait au dessus ou à côté, ils ne risquaient pas de se prendre des éclats.
Le Capitaine a demandé au petit vieux de nous faire voir un chemin sans danger. Et il nous a indiqué un sentier. Mais on a fait dix mètres et on a trouvé une mine ! Alors, on est remontés !

Ce pauvre vieux… Il a eu peur, hein ! Parce que le capitaine, il a sorti son flingue, hein ! Et il lui disait : « Je vais te remettre les idées en place, moi ! »
Ils y étaient pour rien ces petits vieux, mais bon, il faut comprendre que nous, y'avait l'artillerie d'en face qui nous allumait.
Alors, le petit vieux nous a conduits. Et le Capitaine l'a fait passer devant, hein ! Il l'a laissé repartir quand on a atteint la gare.
C'est comme ça qu'on est entrés dans Breil.

Et derrière nous, d'autres militaires ont suivi.
D'autres sont descendus par le vieux chemin qui vient de la Madone.
D'ailleurs, il me semble avoir vu par là un écriteau « Voie de la 1ère DFL ».

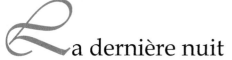

La dernière nuit

Ensuite, on a occupé Breil.
Je me souviens qu'on dormait là où ils vendent des télévisions aujourd'hui, sur la place de l'église. Ce bâtiment, c'était notre chambre. On avait relevé des plaques en marbre tout autour pour nous protéger des éclats d'obus.

Une nuit, il y a eu des tirs d'artillerie… Ouh là ! Fallait voir ! Ça tombait comme de la pluie ! Mais heureusement, le centre du village de Breil était trop loin, ça tapait à la gare.
Le commandant a fait doubler le nombre de sentinelles. Il craignait une attaque. Mais en fait, c'était la fin de la guerre et ceux d'en face ont jeté toutes leurs munitions avant de filer.

C'était la nuit du 24 avril 1945, je crois.

Par la suite, ma compagnie est montée sur Paris.

Les Amerloques

En 1945, j'étais en région parisienne, à Le Raincy.
Ma compagnie assurait le service du quartier général, le QG 50.
On travaillait dans les bureaux ou bien on était en poste au portail.

Pas très loin de là, y'avait un dancing qui faisait bal musette et avec les collègues, on y allait.
Un soir, y'a deux Amerloques qui s'y sont arrêtés pendant leur convoi avec un camion chargé. Ils se croyaient tout permis. Et puis les filles dansaient avec eux parce qu'ils payaient à boire. Alors, ça a fini par des gnons ! *Rires*
Et pendant ce temps là, y'en a un de ma compagnie (Il s'appelait Binoit. Il était de Saintoin.) qui a piqué le camion des Amerloques !
A l'époque, celui qui grattait un camion aux Américains sans se faire attraper gagnait des jours de permission. Il le ramenait au garage du QG, qui changeait le numéro des plaques et le camion était à l'armée française !
Et en plus, celui-là était plein de rations militaires américaines.
On a tout déchargé et tout planqué !

Le lendemain matin, en allant chercher un café à la cuisine, qui on trouve ? Les deux Amerloques !
Et y'en a un qui était en chemise et en calfouette ! *Rires*
Ils disaient en petit nègre : « Militaires français, plus camion, plus jaquette ! » *Rires*
Les cuistots leur ont filé du café avec un peu de rhum ! Et la « militaire et police » les ont ramenés dans leur quartier, sans leur camion et en culotte courte ! *Rires*

A Paris, j'avais comme commandant le lieutenant Proust et le sous-lieutenant Gervès.

Les autres officiers, on les saluait et c'est tout. Mais Proust et Gervès, ils parlaient avec nous. Et c'est Proust qui nous a éclairés. Il nous a expliqué : « Les Amerloques, ils ne sont pas venus pour libérer la France! Pas du tout !
Ils sont venus pour attraper, avant les russes, les savants d'Allemagne qui peuvent créer la bombe atomique. Et le chemin le plus court, c'était Normandie-Belgique-Allemagne !
Voilà pourquoi, ils ont débarqués ! »

Et puis, il a dit : « Maintenant, on va rentrer à la maison. Mais si je savais qu'une armée allait se former pour débarquer en Amérique, je rempilerais! Pour leur faire savoir ce que c'est que la guerre chez eux ! A eux qui écrasent tout ici, les enfants et les innocents, qui envoient des bombes n'importe où ! »

Attention, il en avait une de colère, ce Proust !
Les Américains avaient dû bombarder chez lui, là-haut, en Lorraine !
Il ne les voyait pas d'un trop bon œil et il avait raison !
D'ailleurs, De Gaulle a fait filer les Américains de France le plus vite possible !

Proust, c'était un officier et les officiers, ils en savaient long, c'est tout!

Une Jeunesse
au cœur de la guerre

- 2ème Partie -
Les années 50 à l'autre bout du monde

Georges engagé en Indochine

Georges engagé pour l'Indochine

L'engagement

Ici, à Berghe, quand j'étais jeune, je passais pour une tête brûlée. Alors qu'en fait, j'étais un aventurier !
Mais j'avais pas quatre sous pour aller vadrouiller ! Y'avait que l'armée qui pouvait m'apporter de l'aventure ! (Tout en risquant d'y laisser la peau, hein ! Mais ça, on s'en fout à cet âge-là !)
Et puis, l'histoire de France a fait le reste !

A 18 ans, de 1944 à 1945, je me suis engagé dans la DFL.
C'était la bonne époque ! J'aimais ce mouvement, moi.
A la fin de la guerre, je suis rentré à Berghe et mon père m'a laissé entendre qu'il fallait que je me marie. Mais j'ai dit non ! J'étais trop jeune !
Et comme j'en avais pas eu assez, en 1948, je me suis engagé pour la guerre d'Indochine ! J'avais 22 ans.
J'ai appelé les parachutistes coloniaux à Quimper et je suis monté pour signer un engagement de trois ans. Mes parents ne savaient pas où j'étais parti. Je leur ai écrit une fois que j'étais en Bretagne. Il paraît que mon père demandait à tout le monde : « Mais où c'est Quimper ? » *Rires*

Les nouvelles recrues suivaient une formation avant de partir en Indo. D'abord à Quimper et puis on est allés dans un autre camp militaire, au-dessus de Vannes. Là, on a fait six sauts pour passer le brevet de parachutiste. A la fin de ce stage, le Général Massu (à l'époque, il était Colonel) est venu nous parler sur la place de la caserne. Et puis, il nous a dit : « Maintenant, direction la côte d'azur ! » Moi, ça me changeait pas beaucoup mais y'en a qui étaient contents ! *Rires*
On est allés à la base navale de Fréjus pour suivre un stage nautique. L'infanterie de marine, comme la légion et les parachutistes, c'est des unités d'intervention donc on avait les mêmes entraînements.

En juin, nous voilà partis pour l'Indochine. Début juillet, on a débarqué à Saïgon. Mais nous, les troupes d'intervention, on n'était pas prévues pour la Cochinchine. On nous appelait quand ça bardait dans le centre Annam et le Tonquin.

81

C'est ma mère qui se faisait un souci terrible…J'étais son fils unique.
Et ici, on lui faisait voir les journaux : « Marie, regarde, chez les parachutistes, y'a eu des morts… »
Mais moi, je pensais que, du moment que j'étais majeur, mes parents
n'avaient plus à s'inquiéter pour moi ! *Rires* (C'est bien le contraire !
Nous, on a des enfants et des petits enfants et on est toujours en train
de souhaiter qu'il ne leur arrive rien !)

Mais un jour, quand j'étais en train d'enlever les bracelets de nos morts
(c'étaient nos pièces d'identité ces bracelets), j'ai entendu le toubib dire
au sous-off infirmier : « Je plains leurs mères… ».
Je me suis dit : « Tiens, le toubib pense ainsi et il pense bien ! »
Et puis plus tard, une fille de Fontan (que j'avais fréquentée avant de
partir) m'a envoyé un courrier pour m'expliquer que ma mère était
désespérée de ne pas avoir de mes nouvelles.
Alors, ensuite, je lui envoyais une lettre quand je pouvais. Mais quand
on partait en intervention pendant des semaines, c'était pas possible
d'envoyer du courrier, hein !

Je regrette beaucoup d'avoir fait souffrir ma mère !

Je dis toujours qu'on a eu beaucoup de chance avec ma femme :
nos deux garçons ne m'ont pas ressemblé !
Rires

a bretonne

Quand j'étais au camp militaire de Quimper, j'allais danser à la salle des fêtes les samedis soirs avec les collègues.
Une fois, j'ai rencontré une fille qui était bien mise, comme les filles de la ville. Mais une de ses copines l'a vendue...
Elle m'a dit : « Elle, c'est une paysanne ! Elle trait les vaches ! »
Moi, j'ai pas relevé...
J'ai seulement demandé : « Où est-ce qu'elle habite ?
- Oh, c'est facile ! Tu sors de Quimper vers l'Est, à deux kilomètres, y'a une ferme sur la gauche. C'est là ! »

Un dimanche matin, j'y suis allé. Elle a été surprise de me voir !
Je l'ai trouvée avec des seaux à la main. Elle était en train de traire les vaches. Je suis entré dans l'étable et je lui ai demandé :
« Tu veux que j'essaye ? »
(A l'époque, on trayait encore à la main, hein !)
Elle m'a répondu : « Attention, parce que si tu t'y prends mal, elles te donnent un coup de pied, hein ! »
Je lui ai pris les seaux des mains et allez vas-y et allez ! J'ai fait plus vite qu'elle ! *Rires*
Elle a été étonnée : « Mais tu sais traire ?!
- Eh oui ! Je suis un vacher, comme toi ! »

Je ne m'en étais pas vanté auprès de sa copine, vous pensez bien! *Rires*

J'ai gardé un bon souvenir de cette vachère bretonne !

es femmes de militaires

Quand mon bataillon est descendu à la base navale de Fréjus pour suivre le stage nautique, j'allais avec quatre ou cinq autres collègues dans un grand dancing sur la plage de St Raphael.
Ça s'appelait La Réserve.
Y'avait plein de jolies dames, bien habillées. On en faisait danser une et puis une autre, alors elles nous invitaient à leur table et elles nous payaient à boire. (Nous, les jeunes militaires, on était fauchés comme les blés ! *Rires*)
On voyait bien que c'étaient pas des demoiselles. Alors, on leur demandait : « Mais… Vous n'êtes pas mariées ?
- Si, on est mariées ! Mais…Vous, les militaires, aujourd'hui, vous êtes là et demain vous partez pour l'Indochine… Ni vus, ni connus ! »
Voilà ce qu'elles nous répondaient toutes !

Et puis, dans ce coin, il y avait aussi pleins d'hommes…efféminés !
Un jour, j'étais à la plage de St Raph. Je voulais m'asseoir à côté d'un couple mais comme je m'étais déshabillé, j'ai d'abord demandé à la dame si ça ne la dérangeait pas que je me mette là. Elle a bien voulu. Et puis, j'ai parlé avec elle. Et ta ti et ta ta… A un moment, je lui ai demandé : « Et votre mari, il ne parle pas ?
- Oh, il n'a pas la parole facile ! Il ne parle qu'avec ceux qui lui font du bien ! » Et elle m'a fait un clin d'œil !
En fait, c'était un couple de bijoutiers, mariés seulement par intérêt et lui, c'était un homo !
Au bataillon, y'en avait un aussi. Comme on était juste à côté de la base, je suis allé le trouver et je lui ai dit : « Peut-être que tu peux me rendre service… » Alors, il m'a suivi à la plage et il s'est installé du côté du mari. Une demi-heure après, les voilà partis tous les deux !
Et moi, je suis resté avec cette très jolie femme. Quelle aubaine ! *Rires*

Lorsqu'on était en Indo, mon collègue a reçu un chrono en or. Il avait été envoyé par le mari. *Rires*
Et puis, à notre retour d'Indo, trois ans plus tard, j'étais à la gare de Marseille avec ce collègue en question. Et je l'ai vu prendre le train pour St Raph au lieu de prendre le train qui remontait ! *Rires*
Vous voyez un peu les aventures !

'avocat

Chez nous, au 6ème BCCP (le 6ème parachutiste colonial), on avait souvent besoin de renforts parce qu'on avait beaucoup de pertes humaines.

Et un jour, y'a un licencié en droit qui nous est arrivé... Mais il avait des mains plus fines et plus blanches que les vôtres, Julie, hein ! *Rires* Quand on l'a vu, il nous a échappé des bouffées de rire, hein !

Y'a trois types de personnes qui arrivent à l'armée : les aventuriers, ceux qui ont des histoires avec les gendarmes et les chagrins d'amour! *Rires*

Lui, il était tombé sur une garce !
C'était un fils de bonne famille habitué à dire « Oui, papa!» et «Oui et oui ! », alors elle, elle l'a fait marcher !
C'était une patronne de salon de coiffure à Paris et pas des moindres ! N'importe quelle dame n'allait pas se faire coiffer là-dedans !
Et comme clientes, y'avait aussi des vieilles qui ne pouvaient plus s'entretenir elles-mêmes... Alors dans le salon, y'avait une chambre avec un lit (comme ceux qu'ont les toubibs) et ces vieilles venaient se faire épiler là... Et c'est lui, l'avocat, qui devait s'occuper de ça ! *Rires*
Il nous racontait : « En plus, y'en avait qui me faisaient les yeux doux! Quelle honte j'avais ! » *Rires*

Puis un jour, un de ses amis lui a dit qu'il avait vu sa garce avec un autre homme dans une voiture et qu'ils n'en finissaient plus de s'embrasser ! (Pendant que lui, il s'occupait des vieilles « pin-up » ! *Rires*)

Ce pauvre garçon, il nous disait : « Vous vous rendez compte des sous que je lui ai fait gagner à cette garce ?! Moi je ne savais pas, mais pour ces dix minutes, elle prenait le prix de trois permanentes ! »

Chez nous, y'avait des Marseillais « du milieu ».
Ils l'ont écouté parler et ils lui ont dit : « Imbécile ! Tu avais tout pour t'en mettre plein les poches ! Tu avais déjà ta clientèle ! Qu'est-ce que tu fais là ? »

Notre commandant de compagnie, le Comte de la Sauzai, c'était un bon garçon, donc il a expliqué au chef de bataillon : « Ce garçon, là, à la première sortie, il se fait descendre ! Il n'est pas à sa place avec nous ! »
Alors, le chef l'a fait entrer au Poste de Commandement d'Hanoï et il lui a donné un poste de secrétaire.
En échange, il nous est arrivé un sous-off du PC, qui était également quelqu'un d'instruit mais… il avait cassé la gueule à un officier qui avait un peu trop élevé la voix sur lui ! Alors, ils l'ont envoyé chez nous, dans les rangs ! *Rires*

Notre avocat, on le croisait parfois à Hanoï, quand il sortait avec ses collègues bureaucrates.
De loin, on lui criait : « Eh, tu les as mises où tes pincettes ? » *Rires*
Alors, il nous tournait le dos ! *Rires*

L'horreur

En Indo, les troupes d'intervention comme nous étaient souvent appelées pour libérer un village occupé par les communistes.

Y'a eu des morts, hein, chez les parachutistes ! On était submergés par les attaques! On était un contre quatre ou cinq ! Là, je vous garantis qu'il fallait être précis au tir ! C'était une boucherie ! Oh, malheur !
Mais le moment qu'on redoutait le plus, c'était après l'assaut, quand on faisait le tour des paillottes : on craignait de trouver des petits morts.

Je me souviens d'une fois où j'ai vu sortir des ruines un type avec des petits.
Je me suis dit : « Peut-être que leurs parents sont morts... »
Ça m'a flingué !
Une autre fois, c'est une vieille dame avec plein de petits qu'on a trouvés au fond d'un abri. La dame s'abaissait devant nous, comme pour une prière, tant elle avait peur qu'on leur fasse du mal.
Ça m'a esquinté, ça ! *Larmes*
Et une autre fois encore, notre artillerie a tapé par erreur avec un obus en plein dans une paillote. Et une vieille dame en est sortie en gueulant... Elle avait les tripes dehors mais elle était encore vivante...
On lui a mis une balle dans la tête.
Quand on a été voir de plus près ensuite, on a trouvé une dizaine de petits morts, cisaillés nets !
Tous ces petits et ces vieillards n'y étaient pour rien dans cette guerre!
Mais ils l'ont payée de leur vie !

Les petits orphelins, on les ramassait pour les emmener chez les bonnes sœurs d'Hanoï.

Elles les logeaient, les nourrissaient, les habillaient. Mais là-bas, ils étaient tous habillés pareil et puis, il fallait voir leur nourriture… Ils ne faisaient pas de caprices, ces pauvres petits, hein !

Avant de partir des villages, on donnait des caramels ou des rations aux habitants qui restaient, mais ils n'y touchaient pas tant qu'on était là, tellement ils avaient peur des Lintaï (des Français). Pourtant, on n'était pas plus brigands que les autres.

Tout ça, ça m'a secoué ! *Larmes*
Bien plus tard, en y repensant, j'ai dit à Marie (ma femme) : « Je n'en suis toujours pas guéri ! »
Mais c'est comme ça…

Et aujourd'hui, ces horreurs continuent avec les guerres de religion…

a toubib

Une fois, j'ai ramassé une pilule !
Et je me suis retrouvé à la « 4ème blessés ». C'était le service de l'hôpital
où on soignait ceux qui se sont pris une balle mais qui sont soignables.
C'était une femme capitaine qui commandait ce service.

Un soir, un collègue de chambre m'a dit : « Je connais une fumerie…
Si tu voyais les belles femmes qu'il y a là-bas ! »
Je ne connaissais pas les fumeries, moi ! Ce collègue, c'était vraiment
un voyou ! *Rires*
Je commençais seulement à pouvoir me lever et on n'avait pas le droit
de quitter l'hôpital mais je suis quand même sorti avec lui.

Dans la fumerie, il y avait pleins de petites loges. Elles étaient séparées
par des rideaux. A l'intérieur, des filles faisaient griller une boule
d'opium puis les mettaient dans une pipe et les autres abrutis
fumaient.
Mon collègue, lui, il regardait derrière les rideaux.
D'un coup, il m'a fait signe : « Viens voir ! Regarde un peu, celle-là qui
fume… C'en est une belle de femme, hein ?!»
J'ai écarté le rideau et là… Oh putain ! C'était la capitaine toubib !
J'lui ai dit : « Mais t'es fou ! Si elle nous voit là, la capitaine… Allez,
via, on sort de là ! » *Rires*

Oh ! J'ai vu de tout, hein !

JOURNAL OFFICIEL DE LA RÉPUBLIQUE FRANÇAISE

N° 285 EN DATE DU 3 DÉCEMBRE 1950

PAR DÉCISION N° 34 DU 23 NOVEMBRE 1950

SUR PROPOSITION DU SECRÉTAIRE D'ÉTAT AUX FORCES ARMÉES "GUERRE"

CITE

à l'Ordre de l'Armée

Le 6ᵐᵉ Bataillon Colonial de Commandos Parachutistes

"Brillante formation de Commandos Parachutistes, qui, sous les ordres du Chef de Bataillon VERNIÈRES, a mené sans relâche, depuis Août 1949, dans tous les Secteurs du Centre Viêtnam, un combat rude et obstiné."

"S'est distinguée, par son allant et ses succès, à CHU-BOI le 29 Août 1949, aux opérations "SUZANNE" du 14 au 17 Septembre, "AURORE" le 17 Décembre, à TRAN-TIEP, le 18 Décembre, à TAY-AP du 29 Décembre au 5 Janvier 1950, à AN-TRUYEN du 12 au 20 Janvier 1950, à PHO-TRACH. le 27 Janvier, en Avril et Mai aux opérations "PALMIER", "NÉPAL", "MINOS" et à MY-TRACH. Enfin, le 20 Juin, a contribué à dégager le poste de THUY-LIEN-HA et le 27, a bousculé le Régiment Viêt-Minh 95, à CHAP-LE."

"Dans cet ensemble d'opérations, a infligé aux rebelles des pertes s'élevant à 800 tués et 600 prisonniers, leur capturant en outre un matériel très important. Bataillon de Commandos dont les succès sont à la hauteur de ses sacrifices: depuis son arrivée en Extrême-Orient, 5 Officiers, 7 Sous-Officiers, 31 Parachutistes sont tombés au Champ d'Honneur et 95 autres ont été blessés."

"A fait l'admiration de ses frères d'Armes par sa témérité réfléchie et son ardeur au combat."

CETTE CITATION COMPORTE L'ATTRIBUTION
DE LA CROIX DE GUERRE DES THÉÂTRES
D'OPÉRATIONS EXTÉRIEURS AVEC "PALME"

Le 1° classe parachutiste BELTRAMO Georges appartenait au 6°B.C.C.P.
Lorsque cette unité a mérité la Citation ci-dessus.

POUR COPIE CONFORME :
Le Capitaine BALBIN, Commandant
le 6ᵐᵉ G.C.C.P.

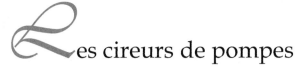es cireurs de pompes

J'aimais beaucoup les enfants de là-bas.

Ils portaient toujours une caissette. Dedans, ils avaient une boite de cirage noir, une boite de cirage marron et puis des brosses à reluire. Ils venaient nous voir aux terrasses des cafés. Ils nous touchaient doucement l'épaule et ils nous disaient : « Toi, souliers beaucoup sales ! » Alors qu'ils brillaient nos souliers ! *Rires*

Comme ils étaient en haillons, ces pauvres petits, les tenanciers des bars ne les aimaient pas trop et essayaient de les faire fuir. (D'autant que les tenanciers, c'était pas des types du pays, c'était des Chinois.)
Nous, on leur donnait une pièce et ils étaient contents !
Ah ces petits, c'étaient nos amis !

Y'en avaient de chez nous qui leur donnaient un sou et qui leur demandaient : « Toi, va chercher kongaï pour moi ! » (Les kongaïs, c'étaient les prostituées.) Et ils y allaient !
Ils demandaient ça à ces petits parce qu'ils connaissaient les filles des rues... Ils savaient lesquelles avaient des maladies ou pas.

La kongaï

Le quartier sino-annamite (le vieux Hanoï) nous était interdit mais nous, on y allait quand même !
Parce qu'il y avait tout ce qu'il fallait là-bas, hein !
On y mangeait de la bonne cuisine française et on ne payait pas plus cher que dans le quartier européen. Et puis, les filles qui faisaient le trottoir, elles étaient mignonnes, hein, faut dire la vérité !
Le toubib nous prévenait toujours : « Faites attention ! Les plus jolies filles d'Hanoï, ce sont justement celles-là qui vous plombent ! »
Je ne suis pas un trouillard mais, de ces maladies vénériennes, j'en avais une frousse ! J'en ai vu des types qui avaient attrapé ça et ils étaient finis, hein !

D'ailleurs, ceux qu'on combattait, ils en emmenaient des filles malades à Hanoï. Elles allaient surtout avec les légionnaires et les parachutistes. Tant qu'on était malades à la BRPM, on n'était pas en opération !
Et en plus, ils les rackettaient ! Donc, en fait, ils prenaient notre argent!
Les restaurants aussi, ils étaient rackettés ! Les commerçants avaient intérêt à la fermer sinon ils leur faisaient sauter la baraque ! De toute façon, la plupart des restaurateurs, c'étaient des Chinois ! Alors, ils se gardaient bien de nous dire qu'ils payaient une « rançon » !
D'autant qu'ils nous la faisaient payer en augmentant les prix !
Ça se passait comme je vous le dis, hein !

Les services secrets se demandaient pourquoi il n'y avait pas de soulèvements à Hanoï pendant que nos troupes y étaient…
Voilà pourquoi! Parce qu'ils connaissaient la valeur d'un bataillon d'hommes qui dépensaient leurs sous ! *Rires*

J'ai connu une kongaï dans ce quartier.
Elle était bien gentille, alors je l'ai gardée.
Sa maman était au courant. Je lui ai donné de l'argent pour que la petite reste avec moi.

Avant toute chose, je l'ai emmenée au bain turc… Mais quand les femmes ont voulu la déshabiller, la petite leur a mis des pastissons !
Rires
La patronne est ressortie toute ébouriffée et elle m'a dit : « Va te la laver toi-même ! » Alors, j'ai demandé à la petite de se calmer. Et puis, elle est revenue bien soignée, avec un kekouane. (Les kekouanes, c'est des pantalons un peu vagues et une blouse blanche. C'est mignon !)

Avant de rentrer en France, j'ai été voir le docteur pour lui demander son avis car je voulais l'emmener avec moi.
Mais le toubib m'a dit : « C'est une malade que tu emmènerais en France. Ici, ils ont le paludisme dans le sang. Tant qu'ils restent là, ils sont bien mais chez nous… Tu l'auras un mois en bonne santé et après elle aura des crises, sauf l'été où ça se calmera un peu !
Et puis, y'a ti pas de jolies femmes en France ? »

Alors, je l'ai laissée là-bas…
Et j'ai bien fait ! Puisque plus tard, je me suis marié avec Marie.

J'avais gardé une photo souvenir de cette kongaï mais…elle a disparu !
Marie a dû tomber dessus.
Rires

TROUPES COLONIALES

6ᵉ Bataillon RÉGIMENT de

Parachutistes Coloniaux

MODÈLE Nº 6.

Art. 97 du Règlement.

NOTA. — Cette pièce, en cas de perte, ne peut être remplacée par duplicata.

CERTIFICAT DE BONNE CONDUITE

Le (1) Capitaine BALBIN commandant le 6ᵉ Bataillon Régiment de Parachutistes Coloniaux

certifie que le (2) Caporal

BELTRAMO Georges Mᵉ 22.572

né le 10 Octobre 1926, à Berche - Supérieur, département des Alpes-Maritimes

a tenu une bonne conduite pendant tout le temps qu'il est resté sous les drapeaux, et qu'il a constamment servi avec honneur et fidélité.

A S.P 53.927 le 1ᵉʳ Aout 1951

Signature et cachet du Chef de corps ou de Service

LE CHEF DE CORPS

(1) Grade et nom du chef de corps ou de service.
(2) Grade, nom, prénoms et numéro d'incorporation du militaire.

PARIS & LIMOGES CHARLES-LAVAUZELLE Éditeur

PRISE DE FONTAY

94

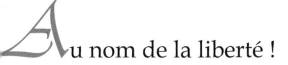

Au nom de la liberté !

En Indochine, les gens étaient mal informés.
Hô Chi Minh leur faisait miroiter l'indépendance et la liberté. Mais le communisme, c'était du totalitarisme pur et dur !

Un jour, bien après la guerre, j'ai rencontré à Tende un adjudant de la coloniale. On a discuté ensemble de l'Indochine.
Il m'a raconté qu'après le départ des Français, il avait été chargé d'évacuer d'Hanoï les archives militaires et civiles.
Quand il est arrivé avec ses camions au pont Doumer, il a vu que beaucoup de locaux s'en allaient aussi.
Alors, l'adjudant a demandé à la sentinelle (qui faisait partie des gens d'Hô Chi Minh) : « Eh bien, maintenant que vous avez gagné, les gens devraient être contents ! Pourquoi est-ce qu'ils s'en vont tous ceux-là ? »
La sentinelle lui a répondu : « Laissez-les donc partir, ils ont été intoxiqués par les Français ! »

Autrement dit, la liberté, c'est les Français qui pouvaient la leur donner et pas eux !

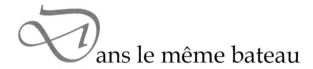

Dans le même bateau

On savait que lorsque les militaires débarquaient d'Indochine en France, il y avait des tensions au port, et surtout avec les dockers car ils étaient tous communistes !
Des collègues nous l'avaient écrit.

J'en ai discuté bien plus tard avec Jeannot de Berghe, qui était militaire infirmier à Marseille.
Quand les grands blessés étaient rapatriés d'Indo, il les attendait au port pour les conduire à l'hôpital. Et il m'a raconté que les dockers crachaient par terre quand il passait avec son ambulance.

Nous, on a débarqués à la Joliette.
On était tendus !
Y'en a un d'entre nous qui a dit un peu fort : « Si les douaniers me posent une question, je leur fous mon poing dans la gueule ! » *Rires*
Personne ne nous a rien demandé et on est descendus sans être fouillés, alors que tous les autres sont passés au contrôle ! *Rires*

Heureusement d'ailleurs!
Parce que lorsqu'on a embarqué, un cuisinier de l'équipage français m'a tendu un paquet et m'a dit : « Tu peux me le garder jusqu'à Marseille ? Parce que moi, ils me fouillent…
En échange, toi et tes deux collègues, vous pourrez venir me voir en cuisine pour manger et boire tout ce que vous voudrez et ça, pendant toute la traversée !»
Vous pensez bien que j'ai accepté !

La traversée a duré vingt-deux jours et en effet, j'avais pris des kilos, hein ! *Rires*

Je ne savais pas ce qu'il y avait dans ce paquet mais c'était sans doute de l'opium. Alors heureusement qu'on n'a pas été fouillés à l'arrivée!

Mais pour autant, à la sortie du port, j'étais emmerdé avec ça dans le sac. Je ne savais pas quoi en faire. Et il fallait que j'attrape mon train pour Nice. J'ai commencé à marcher vers la gare et tout d'un coup, j'ai entendu « Tut tut ! Tut tut ! Tut tut ! ».
C'était le cuisinier, en voiture avec quatre collègues, qui me cherchait.
Il m'a dit : « Putain, tu m'as fait faire du mauvais sang, toi ! » *Rires*
Il a pris son paquet, on s'est serré la main et avant de partir, il m'a demandé si je retournerais en Indo.
Je lui ai répondu : « Je ne sais pas… Je ne crois pas ! »

Et je suis rentré à Berghe pour ne plus jamais en bouger !

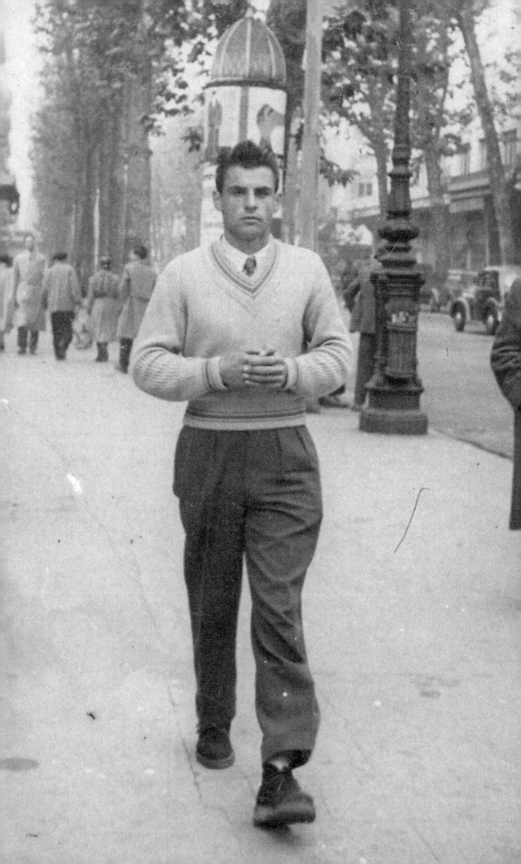

Une longue Vie à Berghe

Des années 50 à aujourd'hui…

Berghe, Berghe, Terminus !

Marie

La tête brûlée

Les filles d'en bas

Le vacher célibataire

La belle mariée

L'italienne

En cadence

La nuit de noces

L'abri de l'Ubaghette

Le vieux de Pévé

La nuit au cimetière

L'orage

Piafo

Quel poison !

Le curé du pays des pignes

Le coucou

Le docteur et le coucou

Au loup !

Les goitres de Cunéo

L'étudiant de Rennes

Le curé Perrin

Ma maîtresse

P'tit malin !

Vieux malin !

A l'hôpital

Georges au retour d'Indochine

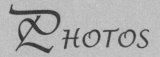 HOTOS

Village et vilageois des années 50

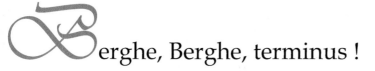

erghe, Berghe, terminus !

L'armée m'a permis de connaître les quatre races de cette terre. J'ai eu affaire aux Asiatiques en Indochine. J'ai vu l'Egypte quand on a remonté le canal de Suez et les Indes quand on s'est arrêtés à Colombo. On nous avait donné le temps de visiter un peu parce que beaucoup d'entre nous n'auraient jamais l'occasion d'y retourner.

Et en définitive, je peux vous le dire, nous sommes tous les mêmes. Non pas dans le mode de vie, mais dans la façon de s'expliquer. Il y a le tordu qui dit n'importe quoi, y'a celui qui raisonne à peu près d'aplomb et puis celui qui ne dit rien du tout ! Et c'est partout pareil ! Il y a du bon et du mauvais dans tous les pays. C'est comme ça !

Quand je suis revenu à Berghe, j'avais vingt-cinq ans et j'en avais assez vu ! Je ne voulais plus partir d'ici.

J'ai postulé pour un poste de garde forestier et aussi chez EDF en expliquant que je voulais travailler dans le coin. Mais on m'a répondu : « M'sieur, pour commencer, vous allez là où on vous envoie et après, si vous pouvez vous rapprocher de chez vous, c'est bien ! En attendant, vous êtes jeune et vous étiez dans les troupes coloniales, donc on va vous envoyer en AEF ou en AOF ! » (C'est-à-dire en Afrique !)
J'ai refusé tout net et j'leur ai dit « Salut ! ».

Alors, j'ai travaillé comme bûcheron. J'ai passé dix ans dans les forêts avant de prendre un troupeau de brebis avec Marie, ma femme.

Et je suis toujours ici. Je n'ai plus jamais quitté Berghe !

Marie

Marie, c'est la seule et unique fille du pays que j'ai fréquentée.
J'ai eu des copines-maîtresses avant elle, mais ces filles venaient toutes
d'ailleurs. J'aimais pas fréquenter les filles de Berghe.
D'abord, parce qu'elles voulaient toutes se marier. Elles me disaient
tout le temps : « Tu ferais bien d'aller voir la Sainte Vierge à l'église ! »
J't'en foutrais, moi, des Saintes Vierges…!
Et puis, y'avait les vieilles qui suivaient tout ça de près !
Les filles d'ici m'en voulaient ! Elles disaient : « Nous, on ne doit pas
être assez bien pour lui ! Mais pour qui il se prend ? »

C'est vrai que j'aimais bien fréquenter les demoiselles institutrices qui
venaient faire l'école à Berghe… J'avais besoin de dialoguer avec
une fille qui avait de l'éducation.
Seulement, celles-là aussi voulaient se marier !
La dernière, elle s'appelait Marie-Thérèse et elle faisait l'école à
Berghon. Elle me disait : « Tu te rends compte, mes parents nous lais-
seraient une ferme pour toi et moi, je pourrais continuer à faire l'école
là-bas ! » (Ses parents avaient deux fermes dans le Dauphiné. Et elle
était fille unique. Elle était bien cette Marie-Thérèse !)
Mais y'avait rien à faire, je n'avais que 22 ans et je ne voulais pas me
marier ! Et puis, je me suis engagé dans l'armée. Quand je suis revenu
d'Indo, trois ans plus tard, elle était mariée à un type de Fontan qui
tenait une scierie. (La scierie qui était là où y'avait l'usine de bouteilles
avant.)
Ma kongaï, je l'avais laissée en Indochine. (J'avais écouté les conseils
du toubib !)
Et je n'avais jamais eu envie de fréquenter une fille d'ici.

La première et la seule fille de Berghe que j'ai fréquentée, c'est Marie !
La famille de Marie, c'étaient des bergers.
Marie savait faire le fromage et puis elle était à bonne école pour tra-
vailler dur ! Et elle était en bonne santé, hein !
Et puis, mon Commandant en Indo, le Comte de la Sauzai, nous disait
toujours : « Entre une actrice de cinéma, une chanteuse et une bergère,
je choisis la bergère ! Parce que les autres en savent trop ! » *Rires*
On les écoutait nos officiers !

La tête brûlée

Quand je suis rentré d'Indochine, des mauvaises langues disaient : « La tête brûlée est de retour ! »

Enfin… Les hommes ne le disaient pas devant moi, hein ! Parce que moi, je ne cherchais pas les ennuis mais si on me trouvait…Gare ! D'ailleurs, une fois, on m'a flanqué en taule à cause d'un type à qui j'avais payé un coup à boire et qui pendant ce temps, avait essayé de me voler mon portefeuille ! Je lui ai flanqué un pastisson… Il est tombé dans les caramels, hein ! En plus, en arrivant à la gendarmerie, y'a l'adjudant qui m'a dit : « Ici les fortes têtes, on les mate ! - Ah oui ? Enlevez votre veste de gendarme et on va voir ça dehors ! », j'lui ai répondu. *Rires*

Enfin, ce que je voulais vous dire… C'est que, les hommes n'osaient pas mais les vieilles, elles m'appelaient « la tête brûlée ». Mais je n'ai jamais touché à un cheveu d'une femme de toute ma vie. Si, une ! Au Centre-Annam, y'en a une qui m'a traité de Boukak ! En quelque sorte, ça veut dire « fils de pute » et ça insultait ma mère. Alors, je lui ai donné un coup de pied au cul! Et attention, à l'époque, j'avais pas un pied dans le tombeau comme maintenant, hein ! *Rires* Mais c'est bien la seule femme que j'ai frappée de toute ma vie !

Et quand j'ai fréquenté Marie… Ouh là ! Les vieilles, elles se sont lavé la langue, hein ! Elles n'arrêtaient pas ! Elles disaient : « Pauvre Jeanne (Jeanne, c'était la maman de Marie) et pauvre petite… Une tête brûlée de la sorte… » Et jeanne s'inquiétait à force d'entendre ça ! Surtout que Marie était très jeune et que j'avais dix ans de plus qu'elle. Mais, au bout d'un an, on s'est mariés. On a eu Robert, puis Edmond et les vieilles ont changé d'habitat ! (au cimetière) *Rires*

Alors, tout ça s'est calmé.

PHOTOS
Le travail agricole

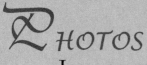

PHOTOS
Jeunes mariés et jeunes à marier
des années 40 et 50

Les filles d'en bas

Avant la guerre, on était une centaine ici à Berghe, ou même plus. Il fallait vivre là, hein !

Surtout avec ces vieilles qui avaient l'œil partout et qui se lavaient la langue à chaque fois que quelqu'un passait devant elles ! Des fois, vous ne saviez plus comment faire pour qu'on ne vous regarde pas de travers ! Aujourd'hui, on est plus qu'une vingtaine, c'est plus calme. On ne se bouscule pas dans les rues, hein ! *Rires*

Quand je suis revenu en 1945 après avoir été mobilisé dans la France libre, la moitié des jeunes était partie en ville pour travailler.
Ici, à part devenir berger ou vacher, il n'y avait pas d'avenir.
Y'avait bien un entrepreneur à Breil qui embauchait, seulement il vous payait avec un élastique ! *Rires*

Souvent, les jeunes qui étaient partis habiter en ville se mariaient avec des filles d'en bas. Et parfois, ils les emmenaient faire un tour par ici.
Et elles disaient toujours : « Oh là là ! Comment vous faites pour vivre dans cette odeur ? »
Il faut dire qu'on utilisait encore des pots de chambre… Alors, avec le couvercle, ça allait mais quand on le soulevait… Si vous aviez une sinusite, elle passait de suite, hein ! *Rires*

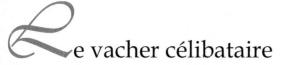

Le vacher célibataire

Y'avait un vacher célibataire à Tende.
Il avait mon âge mais lui, il ne se mariait pas… Il vivait avec son père qui était veuf.

Son père vendait le lait à l'ancienne, c'est-à-dire qu'il passait dans Tende avec un bidon de dix litres et deux mesures, une d'un litre et une d'un demi-litre. D'une mesure à l'autre, il portait le lait à domicile tous les matins. C'est le seul que j'ai vu faire encore comme ça, comme avant.

Un jour, je faisais la bringue avec des Tendasques. Le vacher célibataire était là, au bar. Et nous, on lui disait : « Hé ! Toi ! Dis, on se demande tous pourquoi t'es pas marié !? T'as peur que les femmes te passent à tabac ? » Mais il ne répondait pas. Alors on le chambrait. Puis, d'un coup, très sérieux, il nous a sorti : « Une femme, elle lave et elle coud tes habits, mais… elle mange aussi ! » Sous-entendu, une femme revient cher à entretenir !
Oh malheur ! La patronne du bar, elle lui a mis un pastisson ! *Rires*
Et elle lui a balancé : « Et toi, tu n'manges pas, peut-être ? »
Il ne savait plus quoi dire ! *Rires*

a belle mariée

Il y avait une dame à Berghe qui s'appelait Claire.
Elle était veuve d'un homme qui avait travaillé dans les galeries du chemin de fer et qui en était mort, le pauvre vieux!
Je suis grossier de dire ça mais c'était une belle veuve, encore jeune.
Et puis il y avait Laurent, qui montait ramasser les châtaignes ici pour les revendre à Roquebrune.
Laurent a rencontré Claire, et puis ils se sont mariés.

Une semaine après leur rencontre, il disait avec son accent du Veneto (car il était naturalisé français mais il avait toujours un accent) :
« Zé mé démande… Une zolie femme comme ça, pourquoi qué les Berghais l'ont pas prise ? »
Un mois après leur mariage, il a eu la réponse !

Ils discutaient tous les deux devant la porte de leur maison et il a élevé la voix parce qu'il croyait avoir raison...
Et là, il s'est pris une gifle ! Ouh là ! La casquette a volé dans la rue, hein ! *Rires*
Y'avait François qui était là. (François, c'était le père de Jean-Louis. Nous, on l'appelait François mais il s'appelait Pierre.)
Il lui a demandé en regardant la casquette : « Oh Laurent, il fait du vent ? » *Rires*

Il a compris, va, pourquoi les Berghais l'avaient pas prise ! *Rires*

'italienne

Y'avait une italienne qui habitait ici. Elle s'appelait Marie.
Elle était de Granile. Elle s'est installée ici après s'être mariée avec Gioanni Honoré, un berger de Berghe.
Il y en a eu d'autres des mariages comme ça, entre Berghais et Granilais. Parce qu'avant Mussolini, Granile était tout près !
C'est lui qui a fait fermer les frontières, cette ordure ! Bref !

A cette époque, on se mariait l'hiver et jamais au printemps ni l'été, à cause du travail aux champs. On ne perdait pas de temps pour une noce, hein !
Et cette italienne s'est enrhumée le jour de son mariage !
Alors, elle est descendue au cabinet médical de Fontan et le toubib lui a donné un cachet à prendre le matin et un suppositoire pour le soir.
Mais la pauvre, elle ne comprenait pas trop le français...
Alors, le lendemain, quand une voisine lui a demandé si ça allait mieux, elle lui a répondu : « On dirait que oui, mais alors, ces médicaments...Brrr ! Le cachet du matin ça va encore, mais celui du soir, il a un de ces goûts ! Il m'a brûlé la bouche et la langue !
- Mais, Marie, c'est pas par là qu'il faut prendre le médicament du soir!» lui a expliqué la voisine.
Outrée par l'explication, l'italienne s'est exclamée : « Oh ! Pour qui tu me prends ? J'ai jamais eu ce vice-là, moi, hein ! ».
Rires

En cadence !

Y'avait un berger ici, à Berghe, qui s'appelait Jean (Gioanni Catoz). Il était célibataire.

Pendant la belle saison, il gardait ses brebis en montagne mais quand l'hiver arrivait, il redescendait au village. Il habitait chez son frère, qui, lui, était marié et avait des enfants.

Un jour, la fille de la maison s'est mariée. Et la chambre du premier étage a été laissée aux jeunes mariés.

Et il faut savoir qu'ici, niveau logement, on avait ce qu'on avait, hein ! Ça sentait un peu la Gaule! *Rires* Donc, les sommiers se passaient d'un couple à l'autre. Et celui qu'on avait donné aux jeunes mariés était tellement usé qu'il grinçait très fort !

Un matin, Jean m'a sorti : « Oh, tu te rends compte !? Moi, le célibataire, je dors juste en-dessous des jeunes mariés et j'entends craquer les ressorts du sommier… J'arrive même à enregistrer leur cadence ! » *Rires* Vous voyez un peu le topo !

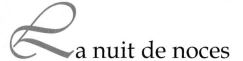

La nuit de noces

Ici, y'avait des filles qui ne savaient même pas ce qu'était le mariage…

Je ne vous donnerai pas de noms car il y a encore des descendants qui viennent, mais il me revient une anecdote…

Un jour, il y a eu mariage à Berghon. La jeune fille n'avait pas été instruite de la chose. Alors quand est venu le moment de la nuit de noces, elle a été choquée par les gestes de son mari et elle lui a mis un grand pastisson avant de rentrer en courant chez sa mère! *Rires*

Le lendemain, entre hommes, on a demandé au marié comment s'était passé sa nuit…

Il nous a répondu : «N'm'en parlez pas! J'ai jamais autant trouvé le temps long !»

Rires

PHOTOS
La nouvelle génération

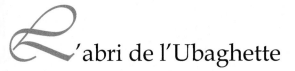L'abri de l'Ubaghette

L'Ubaghette, c'est… Comment vous expliquer ?
Vous voyez la vacherie de la Ceva ? Au-dessus, il y a le cimetière américain qui a été créé en souvenir des jeunes militaires qui se sont cassés la gueule en avion sur la Corne de bouc. Les morceaux de l'appareil ont été placés là par les gens mais, en fait, l'avion a tapé un peu plus haut. Le rocher est resté noir pendant des années et maintenant il est encore brun, grillé.
L'abri de l'Ubaghette est en dessous de ce rocher. Il faudrait voir avec Cavallo, le berger de là-haut… Lui, il pourrait vous y emmener si vous voulez voir où c'est, Julie.

Un jour, deux dames tournaient par là-haut, dans les clapiers. Mais elles se sont laissé prendre par le brouillard et quand la nuit est tombée, elles étaient perdues !
Cette nuit-là, deux bergers, Marius et Titien s'étaient abrités à l'Ubaghette. Les dames ont aperçu leur feu au loin.
(Parce que cet abri a l'air primitif aujourd'hui mais avant c'était juste un bloc de pierre avec quelques branches posées devant, donc on y voyait à travers ! C'est moi, plus tard, qui ai fait faire des murs et mettre des portes aux abris de bergers, quand j'étais adjoint au Maire et que je m'occupais des alpages.)
Les dames sont allées en direction du feu et elles ont trouvé Marius qui était en train de préparer la soupe. Alors elles lui ont expliqué :
« On s'est perdues, on ne sait plus où aller, Monsieur !
- Eh, mettez-vous là ! Justement, ma femme arrive ! »
Et voilà que Titien ouvre la porte ! *Rires*
Et puis le pantalon de Titien…Enfin…Ça prenait l'air, quoi, hein ! *Rires*
Ces deux femmes ont dû se dire « Cette nuit, on y passe ! »
Mais ils ont tous les deux donné leur lit aux dames et eux, ils ont couché par terre. Alors, quand elles sont rentrées à Fontan, elles ne s'arrêtaient plus de dire : « Oh, ces deux braves hommes… »

Mais y'a une mauvaise langue qui disait : « Y'en a peut-être une qui regrette qu'il ne se soit rien passé ! » *Rires*

e vieux de Pévé

L'hiver, j'emmenais mes brebis à Pévé.

C'est au-dessus de Fontan. On y avait un abri.

Parfois, j'étais tout seul là-haut, car Marie, s'occupait de nos deux enfants à Berghe. Et dans ce coin, y'avait personne à part un vieux de quatre-vingt-dix ans. Il s'appelait Jacquot Brousse.

Un soir, je suis passé le voir à son cabanon et on a parlé un bon moment. Il m'a raconté ses vieilles histoires.

Avant de partir, je lui ai dit : « Jacquot, demain matin, je descends à Fontan chercher du pain. Vous voulez que je vous remonte quelque chose ?

- Oui, tu me portes une flûte de pain. Et puis tu me prends une bouteille de vin. »

Puis je suis sorti, mais en laissant la porte de son cabanon entrebâillée parce qu'il se préparait un feu.

Le lendemain matin, en descendant, j'ai vu que la porte était toujours entrouverte de la même façon. Je me suis dit « Merde ! Pourvu qu'il soit pas mort… »

Alors, je suis allé voir.

J'ai ouvert la porte et j'ai lancé : « Oh ! Bonjour Jacquot !

- Oh !

- Ah ! Vous êtes là !

- Bah oui, je suis encore là ! *Rires*

Il s'était endormi, là, devant le feu, et il a passé la nuit sur une petite chaise ! *Rires*

Il n'est mort qu'à quatre-vingt-dix-sept ans !

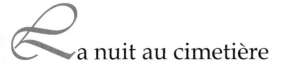a nuit au cimetière

Un jour, je suis descendu de Berghe en tracteur et je devais monter à Pévé pour garder mes brebis là-haut.
Mais en route, je me suis arrêté pour prendre un verre à Fontan.
Et puis, je me suis attardé…
Et quand je suis retourné à mon tracteur, il faisait nuit et j'étais torché!
Rires

Je m'étais garé en haut du village, au début de la piste qui monte à Pévé, sur la place du cimetière. En arrivant là, j'ai vu des cyprès, alors, je me suis allongé en dessous pour passer la nuit et pour me protéger de la rosée du matin.

Au lever du jour, voilà qu'arrive une bonne vieille et elle me trouve couché là.
Ouh là là ! Elle m'a réveillé : « Oh ! Quand même ! Cuver dans un cimetière ! Y'a plus de respect pour rien! »
Alors, je me suis levé et je lui ai dit : « Madame, j'vais vous dire quelqu'chose… Là (en montrant les tombes), c'est tous des saints !
Et les diables, ils sont en bas (en montrant le village) ! » *Rires*

Après, elle a été raconter à l'épicerie principale : « Vous savez quoi ?
Georges a dit qu'on était tous des diables ! » *Rires*

PHOTOS
Georges, le berger

L'orage

Une fois, je gardais les brebis à la Nauque avec mon fils Robert et il y a eu un orage énorme.
On était à 2000 mètres d'altitude, hein, donc ça tapait fort !
Il tombait des billes de grêle grosses comme ça !
Robert avait une douzaine d'années alors il ne voyait pas le danger et il s'amusait à courir en-dessous ! Je lui ai dit : « Attention ! Si tu t'en prends une sur la tête, ça t'ensuque, hein ! »
Et puis, il y avait des éclairs ! Ouh là !

Une fois, à Pévé, un berger a perdu vingt et une brebis en un éclair !
Il nous est arrivé d'en perdre une dizaine mais vingt et une, c'est beaucoup !
Dans ces cas-là, il ne faut rien leur dire aux brebis. Il faut les laisser faire !
Elles ont l'instinct !

Famille Beltramo
Georges et Marie, avec leur fils aîné Robert et le cadet Edmond

iafo

Avant qu'on habite dans cette maison avec Marie, c'étaient deux sœurs qui vivaient là. L'une était célibataire et l'autre était veuve. C'étaient des cousines à ma femme et pourtant, quand nos fils venaient jouer sur la place (il est vrai qu'ils faisaient du bruit), elles leur disaient « Sales Piafos ! » Ça veut dire « Sales Italiens ».
Si vous en parlez à Edmond ou à Robert, ils s'en souviendront, va !

Un jour, ces femmes sont venues taper à ma porte.
Elles n'osaient pas me regarder dans les yeux, elles regardaient par terre, mais elles m'ont dit : « Georges, les sangliers mangent toutes nos châtaignes… »
En fait, elles venaient me voir pour que je trouve ces sangliers et que je leur mette la main au collet ! *Rires*
Eh bien, je m'en suis occupé et j'ai attrapé deux petits cochons d'une vingtaine de kilos. J'ai pris le foie de l'un d'eux et j'ai envoyé mes deux garçons le porter chez elles.
Elles les ont remerciés.
Et elles n'ont plus jamais gueulé « Piafos » ! *Rires*

Quel poison !

J'avais un cousin qui était maraîcher. Il n'est pas devenu vieux! Julie, quand vous faites votre jardin, ne traitez pas les plantes, hein ! Lui, mon cousin, il était terrible avec tous ces produits toxiques !

Un jour que je lui rendais visite, j'ai vu une remise remplie de petits sachets avec l'insigne de tête de mort dessinée dessus.
Je lui ai dit : « Oh ! Robert ! Les rats ne risquent pas de te manger avec ce que tu as là-dedans !
- Mais c'est pas de la mort aux rats ! C'est contre les insectes ! Ils me rongent tous mes légumes ! Je suis obligé de les traiter, autrement il ne pousse rien ! »

Alors, c'est vrai que lorsqu' il a commencé, il allait vendre ses légumes avec une bicyclette et qu'il a fini par se rendre au marché avec un camion plein !
Les épiciers de Cannes lui achetaient ses légumes par cageots entiers.
Il avait dû prendre une ouvrière qui travaillait pour lui toute l'année en plus de sa femme. Ça marchait bien pour lui !
Mais un jour, il a attrapé le cancer des glandes. Et il n'a pas traîné !
Il est parti en un an et demi. Et sa femme l'a suivi six mois après.
Ils étaient jaunes comme des citrons !
Ah ! Ça m'a fait quelque chose ! Tout ça à cause de ces produits !

Des fois, Marie, ma femme, achète des légumes d'en bas. Mais moi, je n'en mange pas !
Un jour, elle est arrivée avec une salade frisée. Et je lui ai dit : « Regarde un peu si elle est mangée par les insectes ?
- Non, pas du tout ! Elle est très belle !
- Ah oui ? Et bien alors, ça veut dire qu'elle est empoisonnée ! »
Rires

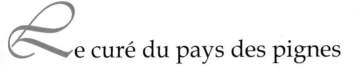e curé du pays des pignes

Au pays des pignes, c'est des Génois.
C'est la zone du bord de mer (Vintimille, San Remo, tout ça…)
C'étaient tous des cultivateurs ou horticulteurs qui étaient installés là-bas.

Ils avaient un curé… Je vous le dis carrément, c'était une ordure !
Quand il prêchait à l'église, il disait : « Vous autres, paysans, vous n'êtes jamais contents ! Vous avez tous les légumes qu'on peut imaginer : des carottes, des choux, des navets, des pommes-de-terre…
Et vous vous plaignez ! Alors que moi, pauvre curé, je me contente d'un petit poulet le dimanche ! »

Vous pensez bien que ces pauvres paysans ne mangeaient pas de la viande aussi souvent que lui, hein !
Et il ajoutait en plus : « Prenez exemple sur moi ! »
Rires

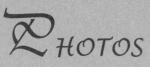

PHOTOS
Chasse et alimentation

PERMIS NATIONAL DE CHASSE N° 27

Délivré à Monsieur PALMA Pierre François le 11 Juin 1914

Né à Berghe de Fontan

Domicile Berghe de Fontan

Nationalité Française

Taille 1 m. 61 centimètres

Signes particuliers

Permis établi le 22 août 1960

Par Mairie de Fontan

SIGNATURE DU TITULAIRE

PERMIS NATIONAL DE CHASSE
Valable jusqu'au 30 Juin 1961

Nom de l'Entreprise d'Assurance : Rhin et Moselle

Adresse du Siège Social : Paris 48.50 rue Laubout

Numéro de la police : 1601.014

Le coucou

Moi, j'étais tout le temps dehors, en train de vadrouiller.
(Maintenant, je traîne la savate !)
J'aimais braconner !
Et je marchais loin pour aller voir un piège à merle !
Souvent, j'allais en mettre en dessous de chez vous, Julie, dans les oliviers.

Un jour, dans ce coin, j'ai vu un nid de rouges-gorges.
Dedans, il y avait cinq petits, encore tout pelés. Quinze jours plus tard, je suis repassé au même endroit. Il y avait quatre petits rouges-gorges morts, tombés du nid. Et dans le nid, il y avait un petit coucou !

Les gens disent que le coucou fait son œuf dans le nid des petits oiseaux. Mais à mon avis, le coucou ne fait pas d'œufs.
Moi, je crois que le coucou, c'est un parasite qui touche les petits oiseaux, et que ce sont ces petits oiseaux qui, au bout de tant de couvées, pondent un coucou.
Parce que je les ai vus ces cinq petits, quinze jours auparavant, et ils étaient tous pareils. Et il n'y avait que quatre petits rouges-gorges par terre. Donc le cinquième, ce coucou qui était encore dans le nid, est sorti de l'œuf du rouge-gorge. J'en suis sûr !

A la télévision, j'avais vu comment, avec ses ailes, le coucou chasse les autres petits. J'ai regardé ces quatre petits morts et les fourmis qui les mangeaient... Et puis, j'ai vu la pauvre mère rouge-gorge qui apportait des vers dix fois plus gros qu'elle à ce coucou goulu ! Il lui menait une vie impossible !

Alors, je l'ai tué, ce parasite !

Le docteur et le coucou

Le Docteur Antonetti, c'était un copain !
C'était le médecin de Fontan. C'était un type comme ça ! Mais attention, c'était un Corse, il fallait pas le prendre pour un con, hein !
Moi, je l'ai vu s'énerver ! Ouh là !
Et une fois, on n'est pas tombés d'accord !

On montait tous les deux vers Mouga et là, on a vu un oiseau qui nichait dans un trou de rocher. C'était un petit trou et ce petit oiseau avait juste la place de passer. Et on a vu un petit coucou qui cherchait à en sortir. Il pouvait sortir la tête du trou mais le reste du corps ne pouvait pas passer. Il est certainement mort là.
Alors, j'ai expliqué à Antonetti que, selon moi, le coucou était un parasite et que les coucous venaient des œufs des petits oiseaux.
Mais Antonetti voulait me faire croire que non et que le coucou pondait ses œufs.
Je voulais lui prouver le contraire : « Un coucou, c'est gros comme un geai. Jamais une mère coucou n'aurait pu entrer par ce petit trou pour y pondre un œuf !
- Elle a pu pondre son œuf ailleurs et venir le mettre dans ce nid ensuite !
- Mais là, ce n'est pas possible ! Elle aurait cassé l'œuf contre le rocher si elle avait essayé de rentrer !

On en a parlé longtemps avec Antonetti mais on n'est jamais tombés d'accord ! *Rires*

Au loup !

Le loup, c'est une saloperie !

Ici, à Berghe, on a toujours entendu raconter qu'un jour, à Mouga, y'a un bébé qui s'est fait emporter par un loup.
Les parents avaient du terrain par là-haut et ils étaient occupés à moissonner. Et leur petit, qui marchait encore à quatre pattes, s'amusait au bout des planches, devant leur cabane. D'un coup, le petit s'est mis à pleurer. La maman a été voir ce qui se passait, mais le petit avait déjà disparu. C'est sûrement une louve qui l'avait pris !

Et puis, le grand-père à Marie me disait toujours : « Avant, si t'avais perdu une brebis ou une chèvre, c'était pas la peine d'aller la chercher, c'était le loup qui l'avait liquidée ! Y'avait rien à faire ! Si y'en avait une qui sortait du troupeau pour mettre bas ou pour rester avec son petit qui ne marchait pas encore… Hop, elle disparaissait !
Et puis, en plus, les brebis avaient une peur terrible du loup ! Au point de se jeter dans un précipice pour le fuir ! Des fois, il en sautait trois cents d'un coup, hein ! Attention !
Bref, le loup, c'est une saloperie !

A l'époque, il y avait un gars qui s'appelait Baptiste des Loups.
Il était malin : il avait une longue veste noire, il allait se rouler avec par terre, à certains endroits, dans la montagne et puis il regardait son trois-quarts. S'il trouvait des poils gris sur son manteau, il savait qu'une louve avait mis bas par là. Alors, il la cherchait, elle et ses petits. Et des fois, il les trouvait et il les tuait. Puis, il les emmenait à Tende et là-bas, on lui donnait une pièce.

Et puis aussi, y'avait un pharmacien qui donnait en secret du cyanure à tous les bergers. Ils ont balancé ce poison un peu partout dans les alpages, sur des morceaux de viande. Les loups ont cassé la croûte et ils ont fini par disparaître de la région !

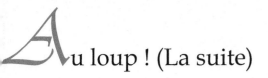

Au loup ! (La suite)

Mais y'en a qui ont trouvé le moyen de nous ramener le loup ici ! Une année, d'un coup, ils sont réapparus !

Le premier qui a vu un loup dans la région, c'est Gioanni.
Il déplaçait son troupeau de brebis depuis Coursegoules pour venir ici en alpage. Comme les bêtes étaient fatiguées, il s'est arrêté pour la nuit au-dessus des vacheries de la Ceva, en-dessous du lac Jugal. Et c'est là, juste devant lui, qu'un loup noir lui a pris un agneau.
Après, c'est à nous qu'il a esquinté des bêtes, ce loup !
J'ai passé cet été-là à dormir avec le troupeau et le flingue à la main !

Alors, on est partis à sa recherche et à force de tourner, on a fini par réussir à le bousiller ! Moi, j'ai visé trop bas mais y'en a un autre qui n'a pas raté son tir, hein ! *Rires*
Et… On avait à peine ramené ce loup noir au village qu'une voiture est arrivée sur la place… Sans doute des animaliers qui nous avaient surveillés. Mais personne n'est sorti de la voiture. Il valait mieux d'ailleurs, parce que je les encadrais, hein ! Et là, je frappais fort, hein ! *Rires*

Mais cette histoire a fait du bruit. Alors, on a fait une réunion à ce sujet à San Remo avec la société de protection des animaux sauvages.
Les bergers se plaignaient tous du retour du loup.
Les animaliers, eux, voulaient nous faire croire que ce loup était venu tout seul des Apennins. (Les Apennins, c'est dans la région des Abruzzes, en Italie. Là-bas, c'est vrai qu'il y a des loups.)
Mais un vétérinaire leur a rétorqué : « J'ai ausculté ce loup. Il a eu une patte cassée il y a quelques années et cette patte a été soignée… Alors, oui, ce loup est peut-être venu des Apennins mais…sur un fourgon ou par hélicoptère, pour faire plus vite ! » *Rires*

Plus tard, une des Italiennes qui habite à la Ceva, a vu un reportage sur le loup à la télévision italienne. Elle m'a raconté qu'ils avaient lâché cinq loups cette année-là au-dessus des vacheries de la Ceva, en-dessous du lac Jugal. Et il y avait un loup noir. Elle me l'a bien détaillé.
C'était bien le loup qu'on avait abattu !
Quelle bande de menteurs ces animaliers ! C'est des voyous !   131

$\mathcal{P}$HOTOS

Aux alentours des années 70

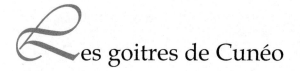

Les goitres de Cunéo

Cunéo, avec ses cultures et ses élevages, c'était la province la plus riche d'Italie, à l'époque. Alors un jour, le roi d'Italie a demandé à venir visiter la jeunesse de cette ville.

Le maire s'est trouvé embêté parce que…à Cunéo, trois habitants sur cinq avaient un goitre !

Il se disait : « Je ne peux pas présenter ces gens-là ! Que penserait le roi de nous en les voyant ? » *Rires*

Alors, le maire de Cunéo est allé voir le maire de Turin pour lui expliquer son problème et puis il lui a dit : « Toi qui as une belle population, plus mondaine que la mienne… Il faut que tu me la prêtes ! Juste pour vingt-quatre heures…»

Le Turinois a accepté.

Donc le jour de la visite du roi, une centaine de belles gens sont arrivées sur la grande place de Cunéo et le maire a pu présenter « sa » belle population.

Quant aux autres, ses habitants avec des goitres, il les avait fait enfermer dans des caves.

Mais dans ces caves, il y avait des lucarnes et ils pouvaient voir la cérémonie. Et pendant que le roi félicitait la belle jeunesse de Cunéo, les autres gueulaient : « Ils sont ici, les plus beaux ! » *Rires*

Une fois, y'a une Piémontaise qui est passée ici, à Berghe, en excursion. Elle s'est arrêtée et on a parlé un peu. Elle estropiait un peu le français alors j'ai parlé en piémontais.

« Oh, mais vous êtes italien ?, elle m'a demandé.

- J'étais ! Maintenant, plus !», je lui ai dit. Et puis, j'ai embrayé sur cette histoire des goitres de Cunéo.

La dame s'est un peu vexée : « Vous savez, vous n'avez pas besoin de la raconter cette histoire, on s'en souvient encore ! »

Alors, j'ai répondu : « Pardon Madame ! Si vous la savez, alors, je ne dis plus rien ! » *Rires*

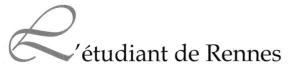

L'étudiant de Rennes

Un soir, je faisais la bringue à Saorge, au restaurant « Les Fourmis ». (Il ne doit plus exister aujourd'hui, cet établissement.) Et y'avait deux jeunes qui étaient là, accoudés au bar. Je leur ai demandé s'ils voulaient boire un coup. Et ils m'ont répondu : « Excusez-nous, Monsieur, mais on n'a pas trop de sous, on est étudiants.
- Ah oui ? Eh bien, vous savez quoi ? Je vais manger ici, alors asseyez-vous avec moi, vous êtes mes invités ! »
Et à table, on a bien parlé. Je leur ai demandé d'où ils venaient car je ne les avais jamais vus dans le coin. Y'en a un qui était de Rennes. Ça m'a rappelé que j'avais un collègue d'Indochine qui venait aussi de Rennes. Il s'appelait De Fernez. Alors je leur ai raconté la fois où une charge avait pété juste à côté de nous : De Fernez s'était retrouvé sans veste tellement ça avait soufflé près, mais on s'en était tiré tous les deux. Et puis, j'ai ajouté qu'à cause de ça, s'il y avait bien un collègue d'Indochine que j'aimerais revoir, c'était lui ; mais que je ne savais pas s'il était encore à Rennes, ni même s'il était encore vivant. (Ça faisait trente ans qu'on était rentrés d'Indo, hein !)

Et un jour, Marie est venue me réveiller de la sieste : « Y'a un homme à la porte… Il me dit qu'il te connait… Il a une drôle de tronche ! »
Rires
C'était De Fernez !
Eh bien, cet étudiant de Rennes, en rentrant chez lui, avait regardé sur l'annuaire de là-haut et il avait trouvé le numéro de mon collègue. Il l'avait appelé et lui avait raconté sa soirée à Saorge, et puis il lui avait donné mon adresse.
Et voilà comment De Fernez a débarqué comme ça, ici, à Berghe ! Et avec sa femme et son garçon.

Vous vous rendez compte de la surprise !

137

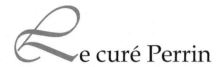

Le curé Perrin

Le curé Perrin logeait à Fontan et il venait nous dire la messe ici, à Berghe. Il était bien ce curé ! Il disait toujours : « Quand je suis à l'église, je suis curé mais quand j'en sors, je suis un homme comme les autres ! »
Et donc, comme les autres hommes, il aimait les filles ! *Rires*

Mais un jour, quelqu'un a été le rapporter à l'évêque.
Je n'ai jamais su qui, ni pourquoi. Peut-être un mari jaloux ? *Rires*
En tout cas, l'évêque l'a viré d'ici et l'a envoyé à Puget-Théniers, c'est-à-dire dans un fief de communistes ! *Rires*
Et à l'époque, c'était tendu entre les curés et les communistes.
Mon père était bigot et mon oncle était communiste… Ils s'entendaient bien mais il ne fallait pas qu'ils parlent de ces histoires, sinon gare, hein! *Rires*

Mais un an après l'arrivée du curé Perrin, y'avait plus de la moitié de Puget à l'église ! Parce qu'une fois sorti de la messe, il n'était plus curé et il allait boire un coup avec tout le monde !
Et là, l'évêque n'a plus su quoi faire ! *Rires*

Bien plus tard, quand j'étais berger, j'ai fait une foire agricole à Guillaumes et, en route, je me suis arrêté au bar de Puget-Théniers.
Les gens qui étaient là avaient bien connu le curé Perrin.
Et tous ces communistes m'ont dit : « Quand il est parti, on a beaucoup regretté cet homme ! »
Rires

$\mathcal{M}$a maîtresse

Un jour, j'ai vu arriver ici une vieille dame et une demoiselle blonde.
La dame s'est présentée à moi : « Je suis Madame Madera…
- Oh ! Rendez-vous compte, je n'vous reconnaissais plus, excusez-moi!
Moi, je suis Georges !
- Oui, je me souviens bien de vous ! »
C'était ma maîtresse d'école ! Elle revenait voir Berghe cinquante ans après son départ.
Vous vous souvenez d'elle, Julie ? Je vous en ai déjà parlé. Je lui avais apporté une fleur de lys quand elle avait accouché.
D'ailleurs, je pensais que c'était cette demoiselle blonde qui était née ici. Alors, j'ai dit à la maîtresse : « Je me souviens même que vous avez eu une petite fille ici. »
Et là, la demoiselle m'a touché le bras pour me faire signe de ne pas en parler…
Je suis resté couillon !
Elle m'a expliqué discrètement que sa mère avait perdu sa première fille et qu'elle s'était séparée de son mari. Cette jeune fille blonde était sans doute d'un deuxième mari. C'est pourquoi elle était blonde, alors que le mari que j'ai connu était brun.

Avant de repartir, la maîtresse a voulu prendre une photo souvenir devant la porte de l'école. Alors, je suis allé chercher trois autres anciens élèves : Victor Gioanni, Aimé Botton et Constantin Colombo.
La maitresse m'a remercié. Puis elle m'a dit : « Je suis contente d'avoir retrouvé des élèves qui se souviennent de moi ! »

C'est beau, hein ?!

'tit malin !

Un été, des jeunes mariés avaient loué la maison en face de chez nous pour les vacances. Ils avaient un garçon.
Il était d'une beauté ce petit ! Il devait avoir quatre ans mais il parlait déjà très bien, il ne faisait pas de fautes. Chapeau, hein, à cet âge!
Il était malin !

Quand ils sont arrivés, moi, j'étais à la montagne : c'était l'été et on gardait nos brebis une semaine chacun avec un autre berger.
(A nous deux, on avait un troupeau assez important : dans les mille trois cents bestiaux. On ne leur disait trop rien, on les laissait faire. Mais il fallait être là-haut !)
Bref, quand cette famille de vacanciers est arrivée, j'étais pas
au village. Mais le petit et ses parents ont vu Marie, ma femme.
Tous les jours, ils se croisaient sur la placette et ils se saluaient.
Le petit disait « Bonjour Marie ! » Et puis, ils échangeaient quelques mots.
A la fin de la semaine, je suis redescendu au village.
Et en arrivant devant chez moi, j'ai rencontré ce petit avec sa maman. Je suis allé vers eux pour faire connaissance et la maman a dit à son garçon « Dis bonjour au grand-père ! »
J'avais la cinquantaine à l'époque, je pouvais bien être le grand-père de ce petit, hein !
Trois ou quatre jours plus tard, on les a recroisés et… le petit a demandé à Marie : « Marie, tu couches avec le grand-père ? »
Rires

Oh dis donc ! J'ai eu une secousse, hein !

ieux malin !

C'est l'histoire d'un vieux, veuf.
Il avait deux garçons gentils mais plus de femme pour s'occuper de lui.
Mais ce vieux était malin : de temps en temps, il passait devant ses deux belles-filles, il mettait la main à la poche de son pantalon et il y faisait sonner quelques pièces. Ensuite, il disait en aparté à l'une ou à l'autre : « Des pièces d'or, j'en ai beaucoup d'autres… Si vous prenez bien soin de moi, c'est à vous qu'elles reviendront.»
Comme les deux brus ne pouvaient pas se voir et ne s'adressaient pas la parole, l'une et l'autre ignorait le petit jeu du vieux.

Le jour de sa mort, les deux belles-filles se sont précipitées dans la chambre pour regarder sous l'oreiller de leur beau-père.
(A l'époque, les vieux mettaient toute leur richesse sous l'oreiller.)
Et là, elles ont trouvé un petit soufflet. Et dessus, il y avait un mot à leur attention : « Soufflez doucement, soufflez fort ou bien donc soufflez dans le cul du mort ! » *Rires*

Ça leur a donné une bonne leçon, va !

ℙHOTOS
Georges, l'ancien

 l'hôpital

J'ai été trois fois à l'hôpital.
Et trois fois parce que j'ai fait un AVC (un accident vasculaire cérébral).
Mais j'ai eu de la chance, je me suis vite remis à chaque fois…
Même si j'ai des pertes de mémoire de temps à autre depuis le dernier.
Et ça, ça m'énerve, hein !

Mais enfin, au troisième, j'ai retrouvé la parole très vite. J'étais encore dans l'ambulance qui m'emmenait à l'hôpital. Et quand je suis arrivé là-bas, j'ai pas pu me retenir d'en sortir une à la toubib !
C'était une jolie fille, cette toubib… Elle est venue me tapoter les genoux avec un petit marteau et puis elle m'a dit : « Tout réagit bien, Monsieur ! »
Je lui ai répondu : « Oui, mais Docteur… Y'a un endroit qui ne réagit plus ! » *Rires*
Elle m'a tourné le dos tout net et elle est partie de ma chambre !
Rires

Le jour de ma sortie de l'hôpital, je l'ai croisée dans le couloir.
Elle a souri et elle m'a lancé : « Au revoir, voyou ! »
Rires

Pour  onclure....

Y'a rien d'autre à prétendre !

Papi fait de la résistance

Georges à l'aube du XXI ème siècle

PHOTOS
Georges, enfin reconnu

Y'a rien d'autre à prétendre !

«Ah Julie ! J'vous en ai raconté, hein...
On vit et après, il ne nous reste plus que des souvenirs. Les anciens, ils me l'ont dit souvent. Et maintenant, j'en suis là, comme eux à l'époque, je raconte mes histoires...
Je repense souvent à ces vieux qui étaient assis là, sur le muret de la sacristie, et qui me disaient : « Attends, tu verras plus tard, comme les souliers vont te peser ! » *Rires*
Et aujourd'hui que j'ai près de cent ans, je peux vous dire qu'ils avaient raison !
Mais enfin, même en traînant la pantoufle, je peux encore me déplacer et rester vivre ici.
Et puis, je me suis marié avec Marie et j'ai vécu à Berghe, comme je le voulais.
Nos deux garçons, Robert et Edmond, sont en bonne santé.
On les a eus à la maison tous les deux hier (euh... hier ou avant-hier ?) et ça nous a fait plaisir à Marie et à moi ! On les a regardés, là, à table avec nous.
Et puis j'ai six petits-enfants et deux arrière-petits-fils.
Et bien ! Y'a rien d'autre à prétendre !

Et puis, j'ai eu la chance de vous rencontrer, Julie !
Vous êtes la première personne que je connais qui s'est interessée à la vie de Berghe. Grâce à vous, on se souviendra longtemps de ces anciens que j'aimais tant et de ce berger que j'ai été ici.
A chaque fois que je croise des promeneurs sur la place, je leur dis qu'il existe un livre de mes histoires et ils me demandent où ils peuvent le trouver, hein ! Les gens, ça les interesse ! Votre livre laissera des traces !

_ Et oui, Georges, j'éspère qu'on aura sauvé de l'oubli un petit bout d'histoire de ce tout petit bout de pays.»

Famille Lallement
Jean et sa petite-fille Julie

Papi fait de la résistance !

Vous savez Georges, vous ressemblez beaucoup à mon grand-père, Jean. J'aimais écouter ses histoires à lui aussi.
Comme vous, il savait me transmettre l'Histoire à travers des anecdotes qu'il voulait légères.

Il a pourtant connu les horreurs de la guerre de quarante puisqu'il est également né en 1926. Mais il s'amusait encore au souvenir des trains de munitions allemands qui explosent (dynamités par lui quelques heures auparavant en sortant de l'école) alors qu'il était à table avec son père : un chef de la résistance qui interdisait formellement à son jeune fils d'initier une quelconque action… *Rires*
Il m'expliquait encore, que durant son service militaire dans la Marine, une question essentielle le taraudait du fait de porter ce pompon sur la tête : comment porterait-il son auréole ? Plutôt au centre, penchée sur la gauche ou sur la droite ?
Lui aussi avait le chic pour tourner les choses graves à la dérision !

Comme vous, il aimait faire rire la galerie !
Tenez, une fois, il a visité votre pays d'origine et racontait souvent les déconvenues qu'il y avait rencontrées.
Il faisait alors parti de la chorale de la Cathédrale de Toul (en Lorraine) et à l'occasion d'une tournée, il a accompagné en Italie les petits chanteurs « à la gueule de bois ». Son fils Bernard et sa fille Danièle (ma mère) étaient du voyage.
Tout ce groupe s'est déplacé en train. Quand un enfant inquiet de rater l'arrêt a demandé à mon grand-père le nom de la gare qu'ils venaient de passer, Papi a regardé par la fenêtre et lui a répondu : « On est à Uscita. » A la gare suivante, le même enfant lui a reposé la même question… Et mon grand-père lui a fait la même réponse : « On est toujours à Uscita ! » *Rires*
Il regardait les panneaux qui indiquaient la « Sortie » des gares. *Rires*

Ils sont tout de même arrivés à bon port ! Après ce long voyage, un bon repas dans un restaurant était bien mérité…

Famille Lallement
Jean et Ginette, avec leur fils aîné Bernard et leur fille Danièle
en vacances sur la côte d'azur dans les années 50

Toujours aussi sûr de lui, mon grand-père expliquait alors aux enfants qu'il n'était vraiment pas difficile de parler italien : « Il suffit de prendre les mots français et de rajouter un O ou un A à la fin ! ».

Sitôt dit, il a appelé le serveur pour lui demander de la moutarde, c'est-à-dire de la « mostarda ». Le serveur l'a regardé avec de grands yeux ronds mais mon grand-père a insisté... Les enfants ont bien ri quand on lui a servi une assiette de fruits confits !

Et aussi quand, par la même occasion, le serveur lui a fait comprendre qu'il avait envie de le foutre à la porte parce qu'il avait osé... couper ses spaghettis ! *Rires*

Après ce repas agité, le groupe s'est enfin rendu à l'église où devaient avoir lieu les concerts du lendemain. Seulement mon grand-père ignorait que les Italiens étaient aussi exigeants sur les tenues vestimentaires à porter pour pénétrer dans les lieux sacrés. Lui, s'était présenté en short...

Les enfants sont entrés et lui, le responsable, est resté à la porte ! *Rires*

Vous voyez un peu le phénomène ?

Enfin, malgré tout, « le Père Lallement », il ne fallait pas le chercher, hein !

C'était un grand homme, un bel homme, qui pouvait en imposer !
Pourtant, je crois, qu'à votre image, Georges, il tenait avant tout
sa force dans cette capacité à ne pas trop se prendre au sérieux !

C'est dans votre regard amusé sur la vie et sur vous-même que j'ai
la chance de le retrouver.

BERGHE

emerciements

Pour m'avoir confié leurs photos de famille et patiemment identifié chacun des perosnnages :

Tout d'abord Marie et Georges Beltramo

Puis par ordre alphabétique :

Adobati Corinne
Beltramo Robert
Famille Brignone
Cabrerizo Edith et Luc
Cauvin Samantha
Chioda René
Ferretto Marylène et Sarah
Guido Mario
Juanola Yves
Marage Edith et Michel
Marage Gilberte et Jean-Paul
Palma Jacqueline et Gilbert
Palma Jean-Louis
Rosso Bernard
Rosso Eric et Florence
Rosso Florent
Vincent Emile
Famille Venezian
Famille Viret

Sans oublier Jean-Louis Taylor qui a offert une partie de sa riche collection photographique et d'archives pour introduire ce livre.

Pour la rédaction de l'introduction historique de cet ouvrage :
Emmanuel Bottagisi

Pour ses précieux conseils concernant la mise en page :
Michel Ramel

Pour leurs trois années d'encouragements, l'ensemble des
Berghais ainsi que leurs amis du groupe Facebook «Berghe supérieur
& Berghe inférieur»

Pour ses incéssantes relectures et corrections :
Christophe Calvia

Pour sa foi inébranlable tout au long de la création de ce livre :
Franck Masseglia

Sans oublier mon fidèle entourage, amical et familial,
qui ne se lasse jamais de me soutenir dans mes projets fous!
(Ils se reconnaîtront!)

Pour la traduction et l'enregistrement des Histoires de Georges
en berghais, permettant la création d'un livre numérique
interactif : Jean-Louis Palma

Et pour finir, Xavier Borriglione (alias Toinou dau Gourc),
pour prêter sa voix de conteur à Georges et me donner
la réplique dans le spectacle inspiré de ce livre *Les Histoires vraies
d'un Pasteur au Pays des Merveilles.*

Sommaire
Les histoires de *Georges*

Une Enfance au cœur d'un hameau
Les années 20 et 30

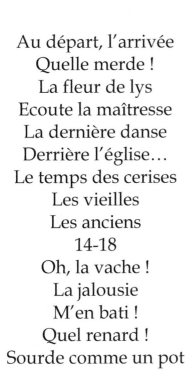

Une Jeunesse au cœur de la guerre

Les années 40
à la frontière italienne

Quand faut y'aller, faut y'aller !
Oh, Madone !
On connait la faim
Sur le chemin de Granile
Courage, fuyons !
C'est de la bombe !
Un coup de pied au...
Le coup du lapin
Grotte et casoun
Le tout pour le tout
Le p'tit coq
Georges, le retour
La dernière nuit
Les Amerloques

Les années 50
à l'autre bout du monde

L'engagement
La bretonne
Les femmes de militaires
L'avocat
L'horreur
La toubib
Les cireurs de pompes
La kongaï
Au nom de la Liberté
Dans le même bateau

Une longue
Vie à Berghe

Des années 50 à aujourd'hui...

Berghe, Berghe, Terminus !
Marie
La tête brûlée
Les filles d'en bas
Le vacher célibataire
La belle mariée
L'italienne
En cadence
La nuit de noces
L'abri de l'Ubaghette
Le vieux de Pévé
La nuit au cimetière
L'orage
Piafo
Quel poison !
Le curé du pays des pignes
Le coucou
Le docteur et le coucou
Au loup !
Les goitres de Cunéo
L'étudiant de Rennes
Le curé Perrin
Ma maîtresse
P'tit malin !
Vieux malin !
A l'hôpital

Pour Conclure...

Y'a rien d'autre à prétendre !
Papi fait de la résistance

Spectacle
Une (Re) LECTURE VIVANTE

du livre *Les histoires vraies de Georges,*
Berger au Pays des Merveilles

C'est l'histoire, presque vraie, d'une rencontre entre la parole débordante d'un vieux Pasteur et d'une jeune pèlerine égarée dans les montagnes du Comté des Merveilles.
Quelle meilleure manière de trouver sa voie, qu'en écoutant les anecdotes qui balisent les sentiers tracés par les souvenirs ?

Laissez-vous conduire sur cet air alpin par **Xavier Borriglione (alias Toinou dau Gourc)**, *dans le rôle du berger qui nous joue un peu de flûte, et* **Julie Là**, *dans celui de la bonne oreille qui n'en pense pas moins tout haut.*

Un programme mêlant une lecture vivante à d'amusantes saynètes entre les deux générations qu'incarnent nos deux personnages, ponctuées de "réflexions" tantôt terriennes tantôt poétiques, et de pauses musicales fifre & chant traditionnel.
Un hymne au bon sens, qui fait aussi appel à celui de l'humour, dans son décor montagnard et fantastique.

Retrouvez toute notre actualité artistique
sur

 Comté des Merveilles

 Chaîne de Montagnes - Edition Comté des Merveilles

 Contact : comte.des.merveilles@gmail.com

Comté des Merveilles
Hameau de Berghe
06540 FONTAN

comte.des.merveilles@gmail.com

Scannez le QR Code pour tout savoir sur
Comté des Merveilles

ISBN 979-8370168512

Dépôt légal : juin 2023

Imprimé par Amazon KDP